L'Étreinte de l'Ombre

FARACS

L'Étreinte de l'Ombre

Éditrice : Maïwen Habchi – *lachambredeslettres@gmail.com*
Mise en page : Faracs
Conception de la couverture : Faracs

Dépôt légal : 2025

ISBN numérique: 979-10-979058-0-4

À celles qui ont veillé en silence, gardant la lumière vive quand l'ombre s'étendait.

Vous êtes la force derrière chaque mot.

Sommaire

Chapitre 1

Plongé dans les basses de ses écouteurs, Nevio examine son reflet attentivement. Jogging cargo couleur sapin, tee-shirt noir, baskets usées par le temps.

Décontracté, mais stylé.

Il valide sa tenue d'un signe de tête hésitant. Il donnerait cher pour entrer dans la peau de quelqu'un d'autre. Histoire de ne plus être Nevio Scara le temps d'une *j*ournée. Ce qui ne lui ressemble pas. Il a toujours eu des moments de remise en question ou de doute, comme tout le monde. Cela ne fait pas de lui quelqu'un qui manque de confiance en soi, au contraire. Nevio a toujours été sûr de lui. Plus important encore, il a toujours assumé ce qu'il était et ce qu'il n'était pas, une force de caractère qui fait partie de lui.

S'il s'acharne à la salle de sport et aux arts martiaux, c'est parce qu'il croit dur comme fer au sempiternel « un esprit sain dans un corps sain ». Enfin, il y croyait.

Derrière la mèche de cheveux blonds qui lui tombe sur le visage, il passe son regard sur les muscles longs et travaillés de son corps et expire avec dépit. Le problème n'est pas là. Non, c'est son visage. Une sorte de lassitude s'est emparée de ses traits ciselés, et lui a dérobé son visage. Il n'aura dix-sept ans que dans quelques mois, pourtant il paraît vieilli. Évidemment, il conserve une figure juvénile au teint rayonnant. Néanmoins, le coin de sa bouche insolente se relève avec plus d'effort, et, au fond de ses yeux bleus habituellement espiègles, vacille une lueur étrange.

Inutile de nier. Ces derniers temps, Nevio ne sait plus qui il est. Alors comment savoir qui il souhaite devenir ? Tout l'été, il a mis ça sur le compte du stress de l'entrée au lycée. Le saut dans le grand bain qu'il a attendu toute sa jeune vie. Maintenant qu'il est sur le point de faire le grand saut, cela lui apparaît plutôt comme un gouffre. Sans eau, sans fond. Juste un vide froid et abyssal.

Il ferme les yeux en réprimant un désagréable frisson. Il sait que la peur est une émotion naturelle, mais il n'a pas l'habitude qu'elle s'insinue dans son vocabulaire, et encore moins dans ses nerfs. Tout est nouveau pour lui. Il n'a plus de repères. C'est sûrement le principe du grand tournant qu'on doit prendre dans sa vie tôt ou tard : tout faire basculer pour mieux se retrouver.

— Je vais y arriver, se murmure-t-il.

Enfin, il s'écarte du miroir et s'accroupit pour lacer ses baskets. Un mouvement dans sa vision périphérique capte son attention. Il redresse la tête, la mâchoire tendue. Retenant sa respiration, il passe une main dans ses cheveux et grimace un sourire.

— Arrête de flipper, Nev. Tu deviens ridicule. Il n'y a personne à part toi dans cette chambre, bougonne-t-il.

Il secoue la tête, refusant de céder au malaise visqueux qui s'infiltre doucement en lui. Le duvet sur sa nuque se hérisse malgré lui. Il rassemble alors son courage pour affronter le miroir une dernière fois.

Allez, mec, tu as joué à cache-cache avec ton ombre tout l'été. Tu ne peux pas continuer comme ça.

Il relève brusquement le nez, puis expire un grand coup. Le soulagement l'envahit. Son reflet n'est craquelé que par la peur imprimée sur son visage. Rien d'autre. Il appuie le revers de sa main sur son front moite et décide de passer par la salle de bains pour se mettre un coup d'eau sur le visage avant de descendre l'escalier.

En se dirigeant vers la porte, il attrape au passage ses affaires de sport éparpillées sur son lit, puis les balance en vrac dans son sac en toile noir. Franchissant le seuil, il augmente le volume de ses écouteurs pour se mettre dans sa bulle et file dans la salle de bains en face de sa chambre.

Une fois en bas, il ouvre la porte d'entrée en grand,

retire ses écouteurs et ferme les yeux. Il sourit. Son visage humide accueille la brise matinale qui le rafraîchit. Le battement d'ailes des derniers oiseaux couvre la rivière, qui chantonne depuis des siècles à travers Pontebellusin. Un rituel avec la nature auquel Nevio adore se prêter avant de plonger dans le quotidien.

Il se tourne à moitié vers l'intérieur de la maison et lance :

— Maman, je file !

Un banc de vapeur étreint la fin de l'été. Une dernière chaleur soufflée avec délicatesse avant que les arbres ne roussissent pendant la saison froide. Nevio arpente les ruelles d'un pas leste, heureux de parcourir les pavés de Pontebellusin. Contrairement à la plupart des jeunes de son âge, il n'a jamais rêvé d'ailleurs. Naturellement, il apprécie voyager, découvrir de nouveaux horizons. Néanmoins, il a toujours échappé au syndrome de « l'herbe est plus verte ailleurs ». Il ignore comment. Il n'a pas de méthode. Il ne se juge pas plus intelligent ni moins malin que la moyenne ; il s'estime simplement chanceux.

Absorbé par le réveil de la ville, il contemple d'un œil avide l'étirement bruyant des devantures des commerçants, hume le pain chaud qui sort des fourneaux, salue avec un sourire les lève-tôt qui trottinent sur les rives de l'aube.

Plus loin, les flèches d'un clocher piquent la voûte céleste encore flamboyante. Derrière l'église, un timide sentier serpente vertigineusement jusqu'à la rivière. Comme tous les jours, Nevio s'engage sur la promenade sans parapet, ses pas faisant rouler les cailloux disséminés. Au bout de quelques minutes, il débouche sur le bijou architectural de Pontebellusin.

Le Ponte Obscurum. Il ignore quand il a été construit, mais il sait que ce pont de pierre romain remonte au temps de l'Antiquité ; il est probablement antérieur à la fondation de la ville. Tandis qu'il le franchit, un fourmillement agréable et étrange remonte dans ses bras. Un lent sourire étire ses lèvres. Ce pont lui fait le même effet chaque fois ; en le traversant, Nevio a l'impression de traverser les âges. C'est magique, et cela suffit à l'émerveiller.

Il arrive ensuite sur une place centrale où gargouille une fontaine de pierre coiffée de roses fuchsia. Le parfum floral glisse sur la brise légère et s'infiltre délicatement dans ses narines. Nevio admire les arcs-en-ciel, qui naissent et disparaissent inlassablement à la surface du bassin. Il ne se fatiguera jamais de la beauté de sa ville.

— Hé, c'est pas bientôt fini de rêvasser ?

Le dos droit, assise sur le rebord de la fontaine,

Safira tapote exagérément sa montre pour souligner ses cinq minutes de retard. Nevio hausse un sourcil avec ironie. C'est bien la première fois que la retardataire en chef se pointe avant lui à un rendez-vous.

— Ça te va bien de faire la moralisatrice, madame-je-suis-toujours-à-la-bourre.

Elle réplique par un sourire plein de dents.

— En attendant, je suis à l'heure ce matin, moi ! Quelle est ton excuse ?

Il refoule le moment d'angoisse devant son miroir dans un coin de son esprit, et change de sujet :

— Prête pour la séance ?

— Toujours.

Par certains côtés, Safira et lui se ressemblent. Il détaille sa tenue alors qu'ils se mettent en marche. Jogging, crinière de lionne. À l'instar de Nevio, elle a toujours été sûre d'elle. D'ailleurs, elle n'a jamais eu besoin de personne pour se défendre. Il esquisse un sourire en se rappelant ce mec, qui a eu le malheur de dire à Safira qu'elle ressemblait à un mouton avec ses cheveux bouclés. Le pauvre bougre rase désormais les murs sur son passage, en baissant la tête comme un chien battu. Il faut dire que ce crétin a servi d'exemple. Après cet épisode, plus personne n'a jamais osé s'en prendre à elle. Et aujourd'hui, à en juger par sa tenue sportive et la détermination creusée entre ses sourcils bruns, les poids à la salle de muscu vont passer un sale quart d'heure.

— Je t'avoue que je redoute la reprise des cours, avoue-t-elle au bout d'un moment.

— J'imagine que tu n'es pas la seule dans ce cas-là.

Derrière son assurance, Nevio se sent comme un imposteur en marchant à côté d'elle. Le stress de Safira est naturel, et même sain. N'importe qui ressentirait cette petite appréhension mêlée d'excitation avant la rentrée des classes. Rien à voir avec ce qui le ronge. Et franchement, il ne se voit pas déballer à Safira la téméraire la façon dont il a sursauté à plusieurs reprises cet été devant son ombre.

— Des nouvelles de Jenny ?

— On doit la retrouver à midi, dit-il avant d'être interrompu par une protestation sonore de son estomac. Je me demande comment je vais tenir, je crève la dalle.

— Tu as tout le temps la dalle, Nev. Un vrai ventre sur pattes.

— C'est à cause du taekwondo, ça me vide de mes énergies.

— D'ailleurs, comment sont les cours ? Je suis vraiment tentée de m'inscrire avec toi.

Une légère tension traverse les épaules de Nevio. Il ralentit, fourre ses mains dans ses poches.

— Honnêtement, je croyais que le tae m'aiderait à canaliser mes pensées.

— Et ce n'est pas le cas ? questionne-t-elle.

Regardant droit devant lui, il continue de marcher sans répondre, repensant à ce matin, cherchant une réponse à mi-chemin entre la vérité et le mensonge.

— Disons que j'en attendais plus.

Un silence marque le raisonnement de leurs pas jusqu'à ce que Safira le brise :

— On nous avait bien dit que le passage en seconde n'était pas une partie de plaisir. Nouveau bahut, nouveau monde, nouveau *nous*.

Chapitre 2

Le *Deity Lab*, la salle de sport. En entrant, Safira et Nevio traversent un mur de chaleur créé par la ruche humaine en plein effort. Le cliquetis des machines et le crissement des baskets créent une espèce de mélodie du bonheur pour tous les sportifs venus commencer la journée du bon pied.

Avec une grande inspiration, Nevio s'imprègne de l'énergie qui anime les corps en mouvement autour de lui. Contaminé par l'adrénaline ambiante, il se dirige vers la barre d'un air décidé.

— Mate ça, Safira.

Il ajoute un poids. Et un autre, et encore un…

— Euh, calme-toi. Je ne vais pas te suivre si tu te la joues Hercule de bon matin, déclare-t-elle en haussant un sourcil.

— Je comprends… *petite joueuse.*

Elle fait volte-face vers lui, l'œil hargneux.

— Tu joues avec le feu, Nev. On vient d'arriver, tu vas te froisser un muscle.

— C'est bien ce que je dis… *petite joueuse.*

Empoignant la barre, il lui adresse un sourire malin.

Le talon d'Achille de Safira est certainement de renoncer à un défi lancé en bonne et due forme. Et il le sait.

Sans perdre de temps, il s'attaque à sa séance sous le regard faussement exaspéré de Safira.

L'atmosphère de la salle est contagieuse. Depuis qu'ils sont arrivés, Nevio se sent débordant d'énergie. Comme s'il avait un soleil dans le bide. Après les jours psychologiquement harassants qu'il a vécus, il n'a pas l'intention de passer à côté de cette effervescence, quitte à se froisser un muscle comme dit Safira. En cet instant, tout ce qu'il veut, c'est mettre son cerveau sur pause. Il agrippe la barre avec force, la cale sur sa nuque et commence à enchaîner les flexions.

Le métal chauffe entre ses mains, mais son souffle est encore régulier. Il inspire. Fléchit. Expire. Soulève. Et recommence.

Ses trapèzes ne faiblissent pas sous les poids, et la fatigue ne pointe toujours pas le bout de son nez. Une vitalité exaltante l'anime. Son corps est extrêmement réactif. Nevio cesse alors de compter et décide de repousser ses limites.

— Bon, j'y vais à mon rythme, déclare Safira en lui jetant un regard de biais.

— Fais comme tu le sens.

L'intonation avec laquelle il lui répond le surprend. Sans s'attarder sur le mélange d'admiration et d'inquiétude sur le visage de Safira, il décide de passer au tapis de course.

Il appuie sur quelques boutons, et le tapis se met en route. Sautant la marche d'échauffement, il règle la machine sur une vitesse rapide, adoptant d'emblée une foulée intense. Tourné vers la baie vitrée, son esprit se ferme. Il n'est plus que concentration. Le temps se suspend cadencé par son pouls qui s'intensifie dans ses tempes. Une bouffée de chaleur fouette ses pommettes hautes, puis il se met à suer à grosses gouttes.

— Nev, ralentis, tu vas me claquer entre les doigts.

Sans l'écouter, il s'obstine à suivre les courants invisibles, qui guident chaque cellule de son corps. La sensation grandit, l'étouffe. Il ne sent plus ses jambes lancées à triple vitesse ; elles ne lui obéissent plus. La force qui le galvanise ne lui appartient pas. Soudain, un filet glaçant lui comprime le palpitant et descend dans son ventre. Bientôt, Nevio ne distingue plus les chiffres sur le cadran du tapis. Sa vision se brouille et la voix de Safira lui parvient comme lointaine.

Quand le minuteur sonne la fin de course, son corps réagit automatiquement, ralentissant progressivement. Lui et Safira reprennent leurs souffles. Quelques minutes passent.

À demi pliée, les mains sur les genoux, Safira le scrute intensément.

— T'étais où exactement, Nevio ?

— Comment ça ?

Elle fronce les sourcils, se redresse et le regarde en face.

— Ça fait un moment que je vais à la salle avec toi, Nevio. Je ne t'ai jamais vu comme ça.

Il pique une banane dans son sac et commence à la peler sous son œil inquisiteur. Il soupire, constatant qu'elle ne va pas lâcher l'affaire.

— J'avais besoin de me défouler, dit-il mollement.

C'est la deuxième fois aujourd'hui qu'il évite de lui dire la vérité. Son ventre se crispe à cette pensée. Malgré la confiance qui règne entre eux, il est infoutu de lui parler. Mais tant qu'il n'a pas compris ce qui le tracasse, il ne veut pas risquer de passer pour un taré auprès de ses proches. Sa vie est déjà assez compliquée comme ça.

En mâchonnant sa banane, il se rapproche distraitement de la baie vitrée, qui donne sur des feuillages encore verdoyants de Pontebellusin. Ses épaules se relâchent doucement et son rythme cardiaque reprend un rythme raisonnable pendant qu'il se laisse absorber par le paysage. La nature reste son seul pilier en ce moment.

— La prochaine fois, préviens-moi quand tu feras un sprint contre ton ombre. J'irai faire ma séance de mon côté, tente-t-elle de plaisanter, voyant qu'elle n'obtiendra rien de plus.

Soulagé d'entendre le sarcasme légendaire de Safira, il laisse échapper un soupir. Il connaît le sixième sens surdéveloppé de Safira ; elle a sciemment décidé de lui lâcher la grappe. Néanmoins, il ne se fait pas d'idée : elle ne fait que lui accorder un temps de répit.

Quand il retrouvera son courage, Nevio lui parlera.

Plus tard.

✶

Dans la solitude du vestiaire, Nevio part se réfugier

sous la cascade d'eau chaude, ankylosé par l'effort. La vapeur de la douche monte du carrelage blanc et l'enveloppe dans un cocon de moiteur réconfortant.

Petit à petit, ses muscles se dénouent. Il rejette la tête et ferme les yeux sous la pression du jet. Quand il sent comme une caresse froide le long de sa colonne vertébrale, ses paupières se soulèvent brusquement, et il pivote sur lui-même.

Une main sur sa poitrine haletante, Nevio se colle au mur carrelé, en panique, et fouille les vestiaires. Sa main tremblante part à la recherche du mitigeur en acier. Il coupe l'eau. Sa bouche se referme alors qu'il tente d'avaler péniblement sa salive. Des larmes lui montent aux yeux. Il est persuadé d'avoir senti quelque chose dans son dos.

Mais il n'y a personne d'autre que lui.

Ses oreilles se mettent à siffler. Soudain, il oublie comment respirer. Il s'agrippe le cœur.

Merde, qu'est-ce qui m'arrive ?

La tête lui tourne. Dans un ultime réflexe pour se rattraper, il plaque une paume, qui glisse sur les carreaux mouillés. Des points lumineux obscurcissent son champ de vision, et le monde bascule dans un trou noir.

Il cligne des yeux. Sa vue est encore floue, humide. Alors qu'il revient peu à peu à lui, il fait attention à ne pas entreprendre de gestes brusques.

Je me suis évanoui ? Combien de temps ?

Il grimace en portant une main sur l'arrière de son crâne, et se prend la tête entre les jambes.

— Putain, je me suis esquinté.

Il étire doucement sa nuque de gauche à droite. Fébrile, il prend sa mâchoire délicatement dans sa main, l'actionne, vérifiant qu'il ne se l'est pas cassée.

Il suppose ne pas être resté longtemps dans les vapes, comme personne ne l'a secouru.

— J'aurais peut-être mieux fait d'y aller mollo aujourd'hui, grommelle-t-il en se levant.

Au moment où il relève la tête, son estomac se contracte violemment. Dans la pomme de douche en acier, Nevio constate avec horreur la couleur de ses yeux qui a changé.

Ils ont viré noirs.

Paniqué, il se met à palper chaque repli de son visage, et se fige subitement.

En un éclair, le noir a disparu. Il cligne des yeux plusieurs fois, incrédule. Ses globes oculaires sont de nouveau blancs, tachés du même bleu qui caractérise ses prunelles depuis qu'il est venu au monde.

Il recule de quelques pas, tremblant et livide.

Ça y est, j'ai craqué.

On aurait dit que ses yeux étaient imbibés d'encre comme…

— Une hallucination, décrète-t-il en sortant de la douche. C'est ça, j'ai eu une hallucination.

En titubant, Nevio se dirige vers son casier pour se rhabiller, estimant qu'il est grand temps de prendre l'air.

— Safira avait raison ; j'ai trop forcé.

Au fond de lui, Nevio sait pourtant. Il a *vu*. Il a beau ne pas trouver d'explication rationnelle, ce qui vient de se passer – la caresse, les yeux… – n'était ni l'effet des endorphines ni de la condensation. La veine qui palpite furieusement dans sa jugulaire confirme que son imagination n'y est pour rien cette fois-ci.

C'était bien réel.

Après s'être séché à la hâte, il enfile son pantalon, son tee-shirt, en s'efforçant de réfréner le tremblement de ses mains. Hallucination ou pas, cet incident a fêlé le tissu de sa réalité. Son monde ne tient plus qu'à un fil, il le sent.

Quelque chose de grave et d'irréversible est sur le point d'arriver.

Chapitre 3

Quand Safira pousse la porte vitrée de l'établissement, une clochette tinte, annonçant leur entrée. Pendant un instant, l'arôme du café fraîchement moulu, le gazouillis des clients et le joyeux concert des assiettes envahissent l'esprit de Nevio. Avec un soupir de contentement, il se permet de reparcourir cet endroit comme si c'était la première fois. Rien ne peut entamer l'atmosphère chaleureuse des lieux. Pas même la tempête qui gronde en lui. Contenu dans un vieux bosquet, cet endroit constitue un véritable havre pour ses habitants.

Il sourit en regardant la table ronde anglaise suspendue à l'envers au plafond en bois. Les ampoules, qui pendouillent, déposent sur le café une lumière chaude, isolant les clients du monde. Deux arches s'ouvrent sur la bibliothèque, qui tapisse le mur du fond, et l'échelle coulissante dorée ajoute une touche victorienne à l'intimité du café.

Son attention se porte sur la table, occupée par

une blonde aux yeux verts.

Jenny Harten.

Sans se presser, elle boit son chocolat chaud à la guimauve à la petite cuillère, installée à *leur* table. Sentant sans doute leur présence, elle relève le visage, puis affiche un air faussement pincé.

— Eh ben, j'ai cru que j'allais devoir venir vous chercher par la peau des fesses.

— Pardon Jenny. Nevio était possédé par un athlète de l'antiquité ce matin.

Il émet un rire jaune et tente sur le ton de l'humour :

— C'est pas tous les jours que je fous une raclée à Safira sur le tapis de course.

— C'est ça, cause toujours, rétorque-t-elle en roulant des yeux.

Quand la serveuse se poste à leur table, calepin et crayon de papier en main, ils commandent sans jeter un œil à la carte – « même chose que Jenny ».

— Au fait, vous avez entendu parler de l'évènement de la semaine prochaine ?

Nevio lui pique une guimauve alors que son ventre gargouille :

— Vas-y, on t'écoute.

Un enthousiasme à peine contenu illumine son visage.

— La pluie de météores.

— Attends, c'est pas le genre de trucs qu'on ne voit qu'une fois dans sa vie ? demande Safira.

Jenny confirme fièrement d'un signe de tête.

— Il y a tout un tas de légendes autour. On dit que, dans leur chute, les étoiles déposent sur Terre l'essence de l'Univers.

— L'essence de l'Univers ? répète-t-il, sceptique.

— Oui, dit-elle. Le yin et le yang. Le noir et le blanc. Le bien et le…

— Ça va, ça va ! l'interrompt Safira avec un gloussement. On a compris.

— J'expliquais simplement pour Nevio, se défend-elle en levant les mains. Apparemment, la pluie va suivre une trajectoire qui n'a pas été observée depuis des siècles.

— J'imagine déjà les anciens se barricader dans leurs bicoques en multipliant les signes de croix, plaisante Safira.

Jenny repose sa tête et croise les bras sur sa poitrine.

— Moi, ça me fascine. On dirait presque qu'il y a du vrai dans nos légendes.

— En tout cas, ça doit valoir le coup d'œil, concède Safira. En plus, c'est un bon alibi pour faire la fête…

— Ou même un vœu, renchérit Jenny, le visage rêveur.

Safira l'observe, puis croise les bras à son tour.

— Excellente idée, Jen. Comme ça, tu pourrais souhaiter que Thibault trouve enfin le courage de te demander de sortir avec lui.

Elle lui lance un clin d'œil, et le teint de Jenny devient irrévocablement écrevisse.

— C'est ça, fous-toi de moi.

Elle reprend sa tasse, avale une gorgée de chocolat et repose sa tasse, comme si elle venait de boire du whisky.

— À ce stade, il vaut peut-être mieux que je compte sur la magie du courage en bouteille que celle des étoiles, dit-elle, le front plissé.

Elle se laisse aller contre le dossier de sa chaise en soupirant. Elle saisit une guimauve, la lance en l'air et lève les bras en signe de victoire quand elle atterrit dans sa bouche. Tandis qu'elle mâche, son air de grande coordinatrice événementielle investit ses traits.

Nevio et Safira s'interrogent du regard.

Jenny avale bruyamment et dit :

— Samedi prochain. Le vieux manoir sur la colline.

✦

Devant le café, Nevio s'étire en offrant son visage au soleil bas. Il se tape le ventre, repu, et se pousse pour que les filles sortent à leur tour.

Jenny plonge dans son tote bag en toile imprimé du nom de son groupe de rock préféré, en trifouillant dans tous les sens. Nevio et Safira échangent un sourire complice ; ils savent que Jenny est embarrassée, et pourquoi.

Encore plongée dans son sac, cette dernière demande, une pointe d'hésitation dans la voix :

— Qui m'accompagne au stade pour voir Thibault ?

— Désolée, Jen. J'ai promis de passer l'après-midi avec mes frangines.

— Oh. D'accord.

Jenny rabat ses mèches de cheveux derrière ses oreilles, légèrement penaude. Elle regarde ses pieds un instant, shoote timidement dans un caillou, puis bat des cils avant de lever ses grands yeux verts vers Nevio.

— Euh…

Il regarde Safira derrière elle qui secoue la tête. Puis Jenny qui triture ses mains. Puis Safira qui secoue plus vigoureusement la tête. Puis Jenny qui commence à faire la moue. Puis :

— … Je peux t'accompagner. C'est sur mon chemin.

Jenny lui saute dans les bras :

— Oh super, merci, Nev !

Les mains sur les hanches, Safira lui fait les gros yeux. Coincé dans les bras affectueux de Jenny, il hausse discrètement les épaules.

— Bon, je vous laisse, les gars. À plus tard !

Avant de venir au café, Nevio et Safira s'étaient promis de laisser Jenny retrouver Thibault toute seule, car cela fait trop longtemps que le cinéma dure entre eux. Histoire classique, Jenny et Thibault en pincent l'un pour l'autre mais jouent au chat et à la souris. La rentrée du lycée approche ; il est temps pour leur amie d'arrêter de se cacher derrière eux. Cependant, Nevio n'est jamais de taille face au regard de chien battu de Jenny.

Alors qu'ils traversent le Ponte Obscurum, Jenny se lance sur son sujet préféré : Thibault. Nevio l'écoute d'une oreille distraite, bercé par le souffle de septembre. L'automne commence à caresser les feuillages. Un rayon perce une trouée dans le saule pleureur penché sur la rivière, aveuglant Nevio.

Il baisse la tête d'un coup, et une douleur aiguë lui pique les yeux. Il se frotte les paupières, se sentant tout à coup faible. Il s'arrête un instant, ferme les yeux et inspire un grand coup.

— Nevio, t'es tout pâle. Ça va ?

Il se pince l'arête du nez avant de rouvrir les yeux et répond tout bas :

— Ça va aller.

Mais son sourire n'inclut pas ses yeux. Sans s'en rendre compte, son pouls se loge dans ses tempes. Ses tympans commencent à le confiner dans un isoloir, où il refuse d'aller. Il pose une main sur sa poitrine, cherchant à étouffer la montée de panique, et demande d'une voix rauque :

— Jenny, tu peux regarder mes yeux ?

— Hein ? Pourquoi ?

La séance de sport intensive lui a probablement provoqué une baisse de tension. Mais il doit en être sûr.

— S'il te plaît, insiste-t-il.

Elle se penche vers lui, examine ses pupilles, puis fronce les sourcils :

— R.A.S.

La tension dans les épaules de Nevio se relâche. Il exhale un soupir. Jenny pose une main sur son épaule.

— Tu veux bien m'expliquer ce qui se passe, Nev ?

Il n'a pas réussi à s'ouvrir à Safira ce matin, et quelque part le regrette. Du reste, il ne peut pas attendre samedi prochain que des réponses tombent littéralement du ciel. Il ressent un besoin urgent de se confier à quelqu'un. Et s'il y a bien quelqu'un par qui il peut commencer, c'est sa meilleure amie, Jenny.

Il lui jette un coup d'œil prudent.

— Tu vas me prendre pour un dingue…

Il jauge sa réaction. Mais elle reste stoïque. Jenny a toutes les peines du monde à dire ce qu'elle ressent, pourtant elle a le pouvoir de deviner et d'accueillir la souffrance des autres avec une facilité déconcertante. Depuis qu'ils se connaissent, elle s'est toujours dressée comme un phare pour lui.

Et son silence patient prouve qu'elle est prête à l'écouter.

— … Ce matin, je me suis évanoui.

Il lève une main pour l'interrompre et continue :

— En reprenant conscience, mes yeux étaient noirs.

— Tu veux dire que l'iris était noir ?

Il secoue la tête.

— Je veux dire que mes *yeux* étaient noirs. Entièrement noirs.

Elle plisse le front et demande :

— Et après ?

— Plus rien. Ils avaient repris leur couleur normale.

Le silence tombe. L'air siffle dans les arbres et la rivière murmure aux pieds du pont. Nevio est incapable de dire si elle cherche une explication ou si elle épluche mentalement les asiles de la région où l'enfermer.

— Est-ce que tu te sens perturbé en ce moment ?

— Comme tout le monde, non ? On entre au lycée.

— Certes, mais le stress ne me change pas en démone.

Il lève les yeux vers elle, estomaqué.

Voilà, j'aurais mieux fait de me taire.

— Attends, Nevio, ne te braque pas. J'essaie de comprendre.

— En te payant ma tête ?

— Tu devrais en parler à ta mère.

— Pour qu'elle me prenne pour un cinglé aussi ? Ben voyons.

Ignorant son sarcasme, elle dit :

— Il n'y a pas plus calé en ésotérisme qu'elle.

Sa réponse lui fait l'effet d'une gifle. La peur lui a fait oublier le puits d'informations mystiques sous son nez. Anya, sa mère, est souvent perçue comme une sorcière par les pontebellusins. Nevio et sa sœur ont passé leur enfance à écouter les récits de leur mère sur le pouvoir qui se transmet de génération en génération au sein de leur famille.

— Merci, Jenny.

Chapitre 4

Nevio ouvre le portillon en bois et fait un pas dans l'allée de gravillons qui slalome dans leur jardin. Anya est agenouillée dans l'herbe, les mains dans la terre. Ses cheveux blonds se fondent à merveille sur le jaune du millepertuis qu'elle est en train de planter.

Ah, c'est vrai. La saison de l'herbe aux fées.

C'est ainsi qu'on appelle le millepertuis dans le jargon des sorcières. Dire que sa mère a la main verte est un euphémisme. Elle a transformé le jardin en serre à ciel ouvert. On se croirait dans *Alice au pays des merveilles*. C'est plein de couleurs, ça foisonne ; ça vit. Anya prend soin de ses plantes, défiant la géométrie militaire qu'on retrouve dans beaucoup de jardins modernes. Non, elle préfère laisser place à la nature, la laisser respirer et l'accompagner dans sa croissance.

Quand il referme le portillon grinçant, elle tourne la tête vers lui. Aussitôt, elle adopte un air inquiet.

— Qu'est-ce qui te tracasse, mon Nev ?

Rien n'est plus redoutable que le scanner d'une mère. Nevio laisse traîner son regard sur les pétunias blancs, qui nappent le rebord de la fenêtre de la cuisine, puis ses narines frémissent en captant le profond parfum des pensées sauvages. Un élan de courage le soulève.

Autant y aller franco. Ras-le-bol de tourner autour du pot.

— Tu peux me dire pourquoi Chiara n'a pas de pouvoir ?

Il écarquille les yeux, pris de court par son ton accusateur.

Au bout de quelques instants, elle répond :

— La magie est imprévisible. J'ignore pourquoi elle ne s'est pas encore manifestée chez ta sœur. Mais elle a encore le temps.

Une réponse en demi-teinte. Faite pour calmer les nerfs. Et prendre la température. Ce n'est pas ce qu'il voulait, et ça ne l'aide pas. Pas du tout même. Sa mère perçoit sa frustration.

Elle se frotte les mains pour se débarrasser du terreau, se lève, abandonnant son ouvrage, et va s'asseoir sur le muret en pierre. Elle tapote l'espace libre à côté d'elle pour inviter son fils à la rejoindre.

Avec un soupir résigné, il obtempère.

Côte à côte, ils admirent un temps les nuages déformés par un vent doux et agréable. Nevio sourit mélancoliquement, songeant à son enfance, lorsque sa mère s'amusait à lui faire deviner des animaux dans le ciel.

— L'héritage de notre famille a été scellé il y a des siècles par notre ancêtre. Une puissante sorcière au tempérament de feu, commence-t-elle. Elle avait le pouvoir de fertiliser les champs arides, de semer la tempête... Elle était connectée aux forces primordiales. Son époux était fasciné par sa puissance et la voyait comme la clé pour assurer sa descendance. Lorsqu'ils ont accueilli une petite fille, la peur a germé dans le cœur de cet homme. Obsédé par la procréation d'un héritier, et redoutant que cette première enfant dérobe le gène magique à son futur fils, il tua sa fille. Morte de chagrin, notre ancêtre lança une malédiction. Une malédiction terrible, qui défiait les lois du cosmos. Elle maudit tous les hommes de notre lignée, leur refusant l'accès à la magie : seules les femmes seraient porteuses du gène magique, qui agirait comme un bouclier contre la tyrannie et l'avidité. Ainsi, elle garda sa descendance de reproduire les atrocités de son époux. Notre ancêtre abandonna tout. Son foyer, son mari... Elle renia ses repères et trouva le réconfort dans les bras d'un autre. Un homme différent, bon, qui n'entendait rien à la magie. Ils eurent trois enfants : deux filles et un garçon. La magie reparut, chez leurs filles ; le sort de notre famille était scellé. C'est la tragédie qui a imprimé notre arbre généalogique du sceau magique, Nevio. Certains disent qu'Hécate en personne a répondu à l'appel de la malédiction.

— Hécate… la déesse des carrefours et des sorcières ?

Elle acquiesce lentement.

— Aucun homme ne devait plus accéder au pouvoir héréditaire, pour leur propre sécurité ; c'était la condition de la déesse, explique-t-elle. Un don fragile, né de l'amour et de la haine. Voilà le secret de notre héritage.

Les secondes s'égrènent.

— Est-ce qu'il est possible que la magie se soit modifiée à travers les âges ? dit-il d'une voix blanche.

Anya tourne le buste vers lui, le considérant attentivement avant de lui prendre la main.

— Les horizons dans lesquels les énergies baignent sont immenses, Nevio. Tout est une question de flux et de reflux. Il arrive que la magie attende le bon moment pour se manifester…

Elle lui prend la main.

— … ou la bonne personne. Rien n'est impossible.

Il frémit. Le jour s'efface. Les énigmes s'amassent dans le noir. N'y a-t-il donc pas de fin à ce défilé de questions ? Il lève le nez vers le ciel où la lune commence à tomber. Il inspire un grand coup. Il n'est pas plus avancé. Ah si, il sait désormais que leur héritage est maudit.

Génial.

Il sent le regard appuyé de sa mère sur son profil.

— Je me demandais comment Chiara allait gérer l'arrivée de ses pouvoirs, tente-t-il de justifier. Elle est toute seule en Angleterre…

Anya opine.

— La magie, c'est l'énergie. Elle ne se limite pas aux incantations. Elle tisse des liens invisibles et solides, qui entrent en résonance avec le cosmos et en assurent l'équilibre. Si Chiara est loin de nous le moment venu, elle saura trouver sa voie. La solitude pourrait lui être bénéfique. Quoi qu'il en soit, elle ne sera jamais *seule.*

Tout à coup, Nevio a la sensation d'étouffer dans l'air frais du jardin. Toutes ces révélations, tous ses doutes, toutes ses craintes… ça fait beaucoup. Trop même. Il voit que sa mère attend. Dans son œil, il distingue la lueur maternelle prête à accueillir le poids de son tourment. Néanmoins, une appréhension sourd dans sa poitrine et le bâillonne. Il ouvre la bouche, luttant pour se libérer.

Il s'approche finalement d'Anya et dépose un

baiser silencieux sur sa joue avant de quitter le muret et de se diriger vers la maison, le dos voûté.

Magie. Héritage. Tragédie.

Trois mots tamponnés comme un psaume dans son esprit. Les bras croisés derrière la tête, il demeure allongé sur sa couette, tourné vers la nuit qui s'enfonce dans le crépuscule.

Puis il débranche…

Nevio erre dans les rues d'une ville fantôme. Seul. Il n'y a pas âme qui vive à l'horizon. Un golem immobile apparaît devant lui au-dessus d'une rivière nacrée par la lumière spectrale de la nuit. Le Ponte Obscurum.

Tout à coup, une météorite déchire le ciel et s'écrase vers le lycée. Guidé par une main invisible, il se précipite vers l'édifice inanimé et vide du brouhaha des lycéens.

Il s'étrangle en arrivant sur place, horrifié.

Un crâne.

Dégoulinant de sang.

Un crâne qui dégage une énergie malveillante.

Cette chose n'a rien à faire ici.

Nevio plonge dans les orbites vides de cet astéroïde ossuaire, et son cœur loupe un battement comme s'il tombait dans un puits sans fonds. Des murmures alourdissent l'atmosphère. Cerné par l'horreur, Nevio ne comprend pas ce qu'ils disent.

Une force obscure se réveille.

Lentement, la nuit plante ses griffes jalouses dans la chair de Nevio et lui bloque la respiration, pour l'obliger à affronter les profondeurs de son être. Dans ce paysage de désolation, une forme émerge.

Une silhouette.

Drapée dans les ténèbres.

Elle flotte au-dessus du sol.

Un vent d'émotions contraires s'abat sur Nevio et le gerce jusque dans son âme alors que la noirceur en personne s'avance vers lui.

À chaque pas, un voile de promesses sombres et de révélations le fouette au visage. Il le sent, cette entité détient la vérité. Fébrile, il tend la main vers elle, frémissant. À peine a-t-il touché la froideur qu'elle se désintègre dans un cri perçant.

Il se retrouve ensuite téléporté sur un mont venteux, Pontebellusin étendue à ses pieds. L'air lui chuchote les secrets du passé dans une langue qu'il ne comprend pas. Une langue ancienne.

Soudain, son pouls accélère. À nouveau, la silhouette se matérialise. Nevio est hypnotisé par la promesse qu'elle lui susurre dans l'ombre : le baiser de l'inconnu.

Le choix est clair. Nevio doit soit plonger dans l'abîme, soit tourner le dos aux mystères inexplorés et incompris de sa lignée.

Catapulté dans la réalité, Nevio balaie la pièce du regard, le cœur à mille à l'heure.

— Qu'est-ce qui vient de se passer ?

Seuls les battements affolés de son cœur lui répondent. Il secoue la tête, ébranlé. Son corps réagit avant ses neurones, envoyant ses mains décrypter son environnement.

Tissu. Moelleux. Coton.

Couette.

Il est sur son lit.

Il se redresse vivement, cherche la bouteille sur sa table de chevet à tâtons. Le plastique gémit sous la pression de ses mains. Il avale l'eau d'un trait, apaisant sa gorge en feu.

Respire, Nevio.

Dans le silence assourdissant de la chambre, il réalise avec effroi qu'il vient d'avoir une espèce de... vision. Et son cerveau dresse aussitôt une muraille, refusant toute coopération. Cependant, sa poitrine tremble encore des vestiges de sa transe à mesure que son corps se souvient ; l'esprit a beau se fermer, le corps n'oublie pas.

Un horrible frisson lui traverse l'échine.

La silhouette.

Celle qui lui a glacé le sang. Celle qui a appuyé sur un interrupteur dont il ignorait l'existence. Il s'est senti totalement vulnérable face à l'appel obsédant de la sirène des ténèbres, car elle ne s'est pas contentée de le terrifier. Non, elle l'a soumis. À une attraction inexpliquée.

Désemparé, il comprend qu'une odyssée l'attend.

Le miroir dans la chambre. La salle de sport. Le Ponte Obscurum. La vision.

Tout est lié.

Chapitre 5

Les paupières de Nevio papillotent, caressées par le lever du jour. Il tourne doucement la tête vers la fenêtre, cherchant le réconfort des premières lueurs orangées. Un pli se creuse entre ses sourcils. Sous le regard timide de l'aube, il lui faut un temps avant de retrouver l'origine du voile, qui traîne sur son esprit. Depuis hier, une sensation de dérive s'accroche à lui, elle grouille sur ses épaules comme une masse vivante.

Son cerveau rejoue en boucle l'horrible vision.

Pontebellusin. Lycée. Crâne. La silhouette ténébreuse.

Les images tournent et tournent… Dans le même ordre. Avec la même force. À croire que son esprit a décidé de l'emberlificoter dans une mélodie de l'horreur. Quelque chose rôde dans l'obscurité de son subconscient, et attend son heure.

Il se passe une main sur le visage et se lève pour

lancer sa playlist matinale avec un morceau de rock, dont les premières notes cognent contre les parois de sa chambre. La magie du défouloir sensoriel n'opère cependant pas.

Résigné, il attrape mécaniquement un tee-shirt et un jean noirs avant de se planter devant son miroir en retenant sa respiration. Il entame son inspection. L'œil morne, des valises sous les yeux, la mine éteinte.

Son cauchemar éveillé a comme piégé une partie de lui.

✦

Le soleil toque aux portes de Pontebellusin, réveillant gentiment ses habitants. Les vieilles ruelles baignent déjà dans la chaleur, qui monte des pavés. Les voix de stentor des marchands se mêlent joyeusement aux bonjours des passants, et il flotte dans l'air une odeur d'épices et de fruits de saison rassurante. Nevio zigzague entre les stands du marché.

En s'arrêtant devant le primeur, il coule un regard absent sur les fruits devant lui, immunisé contre l'étalage coloré et odorant. Le cœur n'y est pas. Son esprit progresse dans une dimension parallèle, où la lumière n'a pas sa place.

Un courant d'air plus froid que l'été ne l'autorise

rase son échine. Une fraction de seconde qui suffit à le mettre en alerte. Comme une vibration qui appelle tout son être. Son pouls se met à accélérer dangereusement et sa main se crispe sur la pomme verte qu'il tient.

Il relève la tête et croise le regard du marchand, qui l'observe d'un air interrogateur.

Je dois faire peur à voir, avec mes yeux de vampire.

Sans rien dire, Nevio lâche quelques pièces sur le comptoir du marchand et fuit comme s'il avait le diable aux trousses.

De retour chez lui, il referme la porte derrière lui et s'appuie un instant contre le bois frais, terrassé par le besoin de s'isoler. Il monte l'escalier au petit trot, entre dans sa chambre et fonce vers son enceinte pour se barricader dans la musique.

Impossible de décaper le malaise, qui s'accroche à sa peau et le noie dans un tumulte sans nom. Assis sur son lit, il plonge la tête dans ses mains. Désorienté, il a l'impression d'être au seuil de quelque chose.

Putain, quand est-ce que ça va s'arrêter ?

Il attrape son téléphone, hésite.

Nevio :

T'es dispo ?

Il a besoin de parler. D'être compris. Et il sait que Jenny est la seule personne susceptible de le prendre au sérieux. Du moins, il l'espère.

Au ding de son portable, ses yeux se rivent sur l'écran.

Jenny :

Toujours. Dis-moi tout.

Nevio s'arrête, les doigts suspendus au-dessus de l'écran.

Nevio :

J'ai fait une sorte de rêve vraiment bizarre, ça semblait vachement réel. Il y avait une ombre. J'étais hyper attiré par elle et, en même temps, j'avais la trouille. C'était comme si j'étais coincé dans un film d'horreur.

Jenny :

Ça me fait ça quand je vois *Michael Myers*.

Elle est sérieuse ?

Jenny :

Blague à part, on parle de quoi là ? Réel et bizarre comment ?

Nevio prend une grande inspiration, puis décide de se lancer, cherchant à décrire au mieux la silhouette spectrale et la sensation d'oppression, qui ne lui accorde aucun répit depuis qu'il a ouvert les yeux ce matin. À mesure qu'il tape son message, l'angoisse s'épaissit, comme si mettre ces mots par écrit leur donnait du poids. Il appuie sur « envoyer » et attend, en croisant les doigts pour que son amie se rappelle qu'il n'est pas du genre à dramatiser.

Jenny :

Je vais pas te mentir, ça fait un peu mauvais présage. Mais on en revient à ce qu'on disait : peut-être que tu as un don. Je sais, normalement ce sont les femmes de ta famille qui en héritent. Mais si tu étais une exception ?

Nevio :

J'y ai pensé, ouais.

Il hésite un instant avant d'écrire un autre message.

Nevio :

J'ai posé quelques questions à ma mère. Elle m'a juste répété ce qu'on sait déjà. Apparemment, le cercle magique familial brandit une énorme pancarte « INTERDIT AUX MECS ! » Pas d'exception.

Cette réalité sur sa famille lui laisse un goût amer. Et malgré ce que sa mère lui a dit, le doute persiste.

Jenny :

La magie a peut-être changé les règles du jeu. Si j'étais toi, je ne mettrais pas de côté cette théorie seulement à cause de traditions poussiéreuses.

L'étau autour de sa poitrine se desserre légèrement. Pour la première fois depuis le début de ces changements, il n'a plus l'impression d'être coincé en tête-à-tête avec lui-même. Si même Jenny, connue pour son esprit cartésien, envisage cette possibilité, il y a une chance pour qu'il ne finisse pas à l'asile.

Nevio :

Peut-être que t'as raison. Ou alors je suis le protagoniste d'un drame surnaturel à très petit budget.

Jenny :

Tu veux rire ? Avec ton charisme, c'est le blockbuster qui nous attend.

Mais sérieusement, Nev, garde l'esprit ouvert. Les rêves pourraient être un moyen pour l'univers de te passer un message. Fais quelques recherches sur internet. Tu pourrais découvrir que t'es le prochain Sorcier Suprême.

Nevio :

Et après ? Je lance des sorts pour éviter les files d'attente ?

Jenny :

Exactement. Imagine les avantages. On pourrait être au premier rang d'un concert de *Green Day*. Les priorités, Nev, les priorités…

Nevio secoue la tête en gloussant. Ce qui est sûr, c'est que Jenny possède un véritable don pour rendre n'importe quel calvaire supportable. Avec elle, tout est plus simple. Un sourire affectueux éclaire son visage, car il sait que, quoiqu'il arrive, son amie sera là pour lui.

À la fin de leur échange, il se sent plus léger. Beaucoup plus léger. Il pose son téléphone sur la table de nuit et relance son enceinte pour se laisser bercer, cette fois prêt à accueillir l'effet libérateur de la musique. Il s'allonge, croise les bras derrière la tête et ferme momentanément les yeux avant de les rouvrir aussitôt, se rappelant avoir promis d'aider sa mère à préparer le dîner.

Merde.

Chapitre 6

Il se redresse, balance les jambes par-dessus son lit et s'étire en bâillant. Les mains sur ses genoux, il prend appui pour se mettre debout et se pétrifie.

Entre lui et la porte flotte une boule lumineuse dans la chambre.

Il se frotte vigoureusement les yeux, pour se débarrasser du sommeil pour de bon. En les rouvrant, le constat est le même. La boule lumineuse continue de flotter, vacillant à la manière d'un mirage créé par la chaleur sur l'asphalte.

Son cœur se met à tambouriner dans sa cage thoracique. Il n'entend plus rien. Blême, il tend mécaniquement le bras vers elle, les doigts tremblants. À mesure qu'il s'approche, une conviction s'épanouit en lui. Celle de ressentir une chaleur. Une vibration. N'importe quoi. Et l'anticipation lui retourne l'estomac.

Au moment où ses doigts entrent en contact avec elle, la chair de poule fait frémir ses bras. Soudainement, les histoires de sa mère et de sa grand-mère investissent son esprit. Sa respiration se hache. Le berceau surnaturel de sa famille l'empoigne et le jette dans la broyeuse de leurs légendes.

Qu'est-ce qui m'arrive ?

Alarmé, il pose une main sur sa poitrine. Ses doigts se raidissent. Tous ses membres s'alourdissent et les veines dans ses bras ondulent. Il saisit sa gorge ; l'air n'y pénètre plus. Secoué de spasmes, il s'écroule par terre et se rattrape au dernier moment à sa table de chevet, faisant tomber la bouteille d'eau ouverte qui se déverse sur le parquet.

Il fixe la boule lumineuse, qui se rapproche doucement de lui. Paralysé par la peur, il lâche un cri étranglé. Couvrant son visage de ses bras, il ferme instinctivement les yeux et prie pour se réveiller de ce cauchemar.

— Nev !

La voix de sa mère le ramène brusquement à la réalité.

— Finalement, j'ai pris des plats vietnamiens de ton restaurant préféré ! Tu descends ?

Il rouvre les yeux.

Pouf.

Envolée.

La boule lumineuse s'est évanouie.

Nevio balaie la pièce du regard, déstabilisé. Est-ce qu'il a encore rêvé ?

Cette fois, je suis sûr : j'ai vu ce que j'ai vu.

Il esquisse un pas vers la porte, s'arrête. Bizarrement, il hésite à quitter sa chambre, car tout son être lui crie que ce phénomène étrange est vital. Mais la peur l'emporte, et il presse le pas en direction du rez-de-chaussée.

Au pied de l'escalier, un arôme épicé investit ses narines et le tintement des couverts domine le bourdonnement dans ses oreilles. Il tire une chaise en bois et s'installe, l'air hagard. Anya sort les plats à emporter des sacs en papier et les dispose soigneusement sur la table en chêne avant d'aller chercher des assiettes et des couverts dans les placards.

Le riche parfum du bœuf à la coriandre, à la citronnelle et aux cacahuètes grillées emplit la pièce.

Nevio continue de se retrancher dans le silence,

pliant sous le poids d'une bulle sur le point d'éclater.

— Alors, ta journée ? demande Anya en lui lançant une œillade. Tu avais l'air ailleurs hier soir.

Il lui faut quelques secondes pour revenir à lui. Fixé sur la table, il répond distraitement :

— La rentrée me fait cogiter.

Elle soulève les couvercles de leurs plats, et des volutes de fumée montent en spirale. Le silence règne quand ils entament leur dîner.

— Au fait, maman…

Sans lever les yeux de son assiette, il saisit la carafe d'eau et remplit son verre en céramique.

Elle arque un sourcil, intriguée.

— J'ai lu un truc sur les champs d'énergie aujourd'hui, poursuit-il. Ça ressemblait vachement à ce que tu m'as raconté.

Il attend de reposer la carafe pour enfin plonger dans les yeux bleu de sa mère.

— Tu crois que ça existe ?

Sa voix tendue est sans équivoque ; cette fois, il exige une vraie réponse.

Anya repose sa fourchette à côté de son assiette et croise ses mains sur la table dans une posture soucieuse.

— Tu parles des spectres visibles ?

Il hoche la tête, observant la lumière de la cuisine jouer avec les nuances de la chevelure de sa mère. La tresse égyptienne d'Anya dessine un arc de cercle alors qu'elle se lève en pivotant vers la gazinière. Elle s'appuie sur le rebord en inox, replace derrière son oreille une longue mèche blond cendré et recroise ses bras sur son tablier, dont les poches sont garnies d'herbes.

— Non, répond-elle. Du moins, pas de mes yeux.

Il jette un œil à l'assiette encore intacte de sa mère, puis la fixe avec étonnement. Visiblement, cette conversation ne la met pas à l'aise.

— On dit qu'il faut être en parfaite harmonie avec leur fréquence pour les voir à l'œil nu, précise-t-elle. La plupart des praticiens de la magie ne font que les ressentir, ou les interpréter à travers des signaux… Comme des signes. En réalité, ce sont surtout des vibrations plus…

Anya semble parler davantage pour elle-même que pour son fils, le regard vitreux.

— Rares sont les praticiens capables de les voir ; c'est souvent inné. À force d'entraînement, certains parviennent à franchir ce voile… Pourquoi cette question, Nevio ?

— Je suis tombé par hasard sur un article sur internet, ment-il sur-le-champ. J'ai repensé aux histoires de grand-mère.

Un sourire étrange flotte sur les traits délicats d'Anya.

— Nous vivons dans un monde tissé d'énergies. Certaines sont bienveillantes, et d'autres non. Tu as ressenti quelque chose de particulier récemment ?

Il enfourne une bouchée de bœuf pour se laisser le temps de réfléchir à sa réponse.

— Un rêve bizarre, révèle-t-il timidement. Des sensations bizarres.

Il hausse les épaules et reprend une bouchée l'air de rien.

— Je crois surtout que le stress de la rentrée me joue des tours.

Il fait mine d'ignorer Anya, qui l'observe un instant de trop.

— Ce monde est plein de mystères, décrète-t-elle. La manipulation des énergies coule dans les veines féminines de notre lignée…

Elle fait une pause, se tourne vers la fenêtre au-dessus de l'évier donnant sur le jardin mirifique.

— Du moins, c'est ce que raconte notre histoire.

Caché derrière son plat et un sourire de façade, Nevio ne sait pas comment réagir. Est-ce qu'elle a tout compris ? Non, impossible. Il a été trop évasif et a veillé à ce que son visage ne le trahisse pas. En revanche, il est clair qu'elle a compris qu'il lui cache quelque chose.

— Nev, il est courant de ressentir les battements de l'univers, ajoute-t-elle. De voir ce que d'autres ignorent. L'univers communique avec nous à travers des énigmes, des coïncidences, des rêves…

Elle se détourne du jardin pour planter ses pupilles bleues dans celles de Nevio.

— Et parfois, il choisit des âmes pour les résoudre, conclut-elle sérieusement.

Nevio fait tourner sa bague en argent autour de son doigt, et rive son attention sur son assiette à moitié pleine. Sa mère n'a jamais vu de boule d'énergie, comme celle qui s'est manifestée dans sa chambre tout à l'heure. Il n'est pas certain que c'en était une, car il n'a senti que le vide en la touchant. Elle ressemblait plutôt à une ampoule flottante. Néanmoins, une petite voix lui dit que c'était bel et bien de l'énergie. Pourtant, son esprit de maniaque du contrôle a envie de croire tout l'inverse. Que tout ceci n'est qu'une vaste supercherie. Un conte de grand-mère. Une fable inventée pour enjoliver le blason familial.

Il repousse son assiette du bout des doigts.

Oui, ce serait tellement plus simple si son corps fourmillant de sensations étranges s'alignait sur sa raison, pour une fois.

Chapitre 7

Les jours passent, et la frustration ne fait que s'accroître. Plus Nevio cherche des réponses, plus elles lui échappent. Il en vire à l'obsession. Il décide de retourner à la salle de sport malgré l'épisode « douche de l'horreur ». S'il doit encore tomber dans le coma, alors ainsi soit-il. Le besoin de se défouler est trop grand.

— Prête au retour de l'athlète ? Je te préviens, je suis motivé.

Safira lève les yeux au plafond avec exaspération.

— Si tu veux te flinguer les jambes, éclate-toi, Hercule ! Moi, je veux pouvoir crapahuter jusqu'à la colline ce soir pour la pluie d'étoiles.

La pluie d'étoiles ? C'est déjà ce soir ?

— Au fait, dit-elle avec un regard entendu, ce serait pas mal qu'on laisse Jenny et Thibault ensemble…

pour de vrai cette fois.

Nevio se tortille sous son regard accusateur, puis hoche la tête, gêné.

Les haltères cliquètent. Les respirations embuent la baie vitrée. La salle est pleine à craquer aujourd'hui. Manifestement, tout le monde veut profiter du temps libre qui reste, avant d'être englouti par la rentrée.

— Nev. À dix heures.

Aussi rapide que l'éclair, il suit le plus discrètement possible les coordonnées données par Safira, et son cerveau court-circuite.

Son œil se verrouille farouchement sur le grand brun athlétique qui sillonne la salle avec une assurance indécente. Sa tignasse caramel ondule docilement sur son front, qui semble avoir été léché par le soleil. Ce mec déploie un charme viril et magnétique. Quand il tourne la tête, exposant son visage aux vifs rayons du matin, Nevio en reste sans voix. La couleur de ses yeux saisissants rappelle les piscines creusées dans les falaises par les caprices de la mer méditerranéenne.

Bleu céruléen.

Un frisson grimpe le long de sa colonne vertébrale, jusqu'à hérisser le duvet sur sa nuque. Désarmé, Nevio sombre dans l'intensité troublante que dégage l'inconnu. Il l'observe avidement exécuter ses exercices avec une sensualité naturelle. À l'évidence, ce type appartient à la catégorie de ceux qui bousculent l'équilibre de la pièce par la seule force de leur charisme.

Et manifestement, l'équilibre de Nevio est en grand danger.

Sa gorge, ses tempes, ses poignets, ses pupilles… Tout chancèle en lui. Il n'est plus que battement. Ses neurones l'abandonnent lâchement. Son attirance dépasse l'attraction physique. C'est primaire, viscéral.

Soudain, leurs regards accrochent, et le temps se suspend.

Plus de salle. Plus de musique. Plus de poids. Tout disparaît dans le fil électrique, qui se tend subitement entre eux. L'air crépite, et un feu dévaste le corps de Nevio dans une lenteur insupportable. Pendant un instant, l'inconnu soutient son regard. Il l'analyse, capte sans doute la tension qui file entre eux.

Le coin de ses yeux se retrousse, puis il retourne à son entraînement. La parenthèse est terminée.

De son côté, Nevio doit se rappeler que son cerveau a besoin d'oxygène pour turbiner.

Bordel de merde.

Ce qui vient de se produire n'a rien à voir avec un coup de foudre. C'était une collision.

La collision.

Une chaleur agréable se diffuse dans son ventre, détendant ses muscles. Il passe une main dans ses cheveux blonds, cherchant à se reprendre. Mais ses méninges sont déjà en roue libre.

Qu'est-ce qui vient de se passer ? Qu'est-ce que ça signifie ? Putain, est-ce que ça signifie quelque chose ?

— Bon, on passe aux tapis ? Comme ça, cardio et on y va ?

Safira lui jette un coup d'œil et dit, un sourire dans la voix :

— Pourquoi se presser ? La vue est pas mal, non ?

Sans répondre, Nevio monte sur le tapis et fait mine de se plonger dans la belle Pontebellusin, braquant son regard sur la baie vitrée, qui lui renvoie secrètement le reflet du beau brun ténébreux.

La musique de la salle prend une cadence suave, étirant dans chaque fibre de son être le délicieux frisson qui persiste. Troublé, il allonge un regard vers l'inconnu dont le corps harmonieux se contracte sous l'effort.

Nevio déglutit, comprenant que dès l'instant où leurs regards se sont croisés, il était cuit.

Courant à côté de Safira, il sent son monde

intérieur se rétrécir autour de ces yeux bleus enflammés.

D'un coup, il tressaille. Affolé, il consulte Safira du regard qui n'a rien remarqué. Devant lui la boule lumineuse a fait son retour. Elle plane silencieusement devant lui, se confondant presque avec la buée de la salle.

Il n'a pas le temps de réagir. La boule lumineuse fonce droit sur lui et plonge dans son torse. La sensation le fait suffoquer. C'est chaud, brûlant même. Au point où cela en devient glacial. Un peu comme... un feu de glace. Rien à voir avec le vide qu'il a ressenti dans sa chambre. Pourtant, il est certain qu'il s'agit de la même boule d'énergie. Petit à petit, sa cage thoracique s'ouvre, comme s'il avait un champ magnétique en expansion. C'est puissant.

Puis la bulle éclate. Une salve d'énergie fulgurante part de son plexus solaire, poussant vers l'extérieur de son corps, et la baie vitrée en face de lui explose brutalement.

— Merde ! s'écrie Safira en sautant du tapis.

Toute la salle se recroqueville en criant. Les sportifs échangent des regards inquiets, désorientés.

— C'était quoi ça ? s'écrie Safira.

Nevio fixe les bouts de verre éparpillés, revient à ses mains agitées. À travers son pouls accéléré, les mots se transforment en chewing-gum :

— Je… je n’en ai aucune idée.

Hébété, il perçoit un fourmillement étrange dans son dos, et se tourne vers le reste de la salle. Le personnel se précipite déjà pour venir nettoyer les débris de verre dispersés sur les machines et par terre.

Des murmures enflent. Les regards se font fuyants. Excepté deux pupilles bleues qui le fouillent intensément.

Nevio éprouve un soudain malaise et lâche dans un souffle :

— Saf, on y va.

Chapitre 8

Derrière un rideau pourpre incandescent, la nuit se fait désirer. Dans un restaurant indien, la table autour de laquelle sont assis Nevio, Jenny, Safira et Thibault vibre d'une ambiance de camaraderie.

Thibault s'étire paresseusement avant de mordre dans son sandwich avec gloutonnerie.

— Bravo, les gars. L'indien avant la pluie d'étoiles, c'est une idée de génie.

— Rendons à César ce qui appartient à César, glisse Safira, adressant une œillade complice à Jenny.

Jenny hausse les épaules nonchalamment :

— C'est bientôt la fin des vacances. Ça aurait été dommage de ne pas en profiter.

Thibault se penche vers elle, un sourire en coin.

— Tu vas nous faire croire que t'as tout organisé par pur altruisme ? Pas parce que tu espérais un moment spécial sous les étoiles ?

Jenny hausse un sourcil, tentant de dissimuler le sourire qui naît sur son visage.

— En parlant de moment spécial, vous avez loupé le coup de foudre de Nev pour un beau ténébreux à la salle aujourd'hui.

Nevio manque de s'étouffer avec sa boisson et jette un regard plein de reproches à Safira.

C'est plus fort qu'elle, merde.

— Tu l'as pris en photo au moins ? Je veux voir, s'enthousiasme Jenny, les yeux brillants.

— Ben oui, c'est tellement discret de prendre les inconnus en photo à la salle de muscu, réplique-t-il sur un ton sarcastique. Et puis, coup de foudre, coup de foudre… Il était impressionnant, c'est tout. Pour rappel, c'est Saf qui l'a repéré en premier, contre-attaque-t-il.

— Je plaide coupable. Il avait de sacrés biceps.

— C'est officiel, dit Jenny. Nevio a finalement un crush…

— J'ai jamais dit ça ! se défend-il.

—Je te trouve bien investie sur le dossier, intervient Thibault, encadrant Jenny de son regard noisette. T'as envie de rencontrer ce type ?

— Et où serait le mal ? réplique-t-elle avec un air de défi sur les lèvres.

Avant qu'il puisse riposter, Safira reprend la main :

— Et ce n'est pas tout ! En plein milieu de notre séance de cardio, la baie vitrée a volé en éclats sans que personne ne la touche.

Aussitôt Jenny tourne la tête vers Nevio et d'une voix inquiète :

— Personne n'a été blessé au moins ?

Il fait non de la tête. Safira et Thibault se mettent à échafauder les théories les plus abracadabrantes sur l'évènement, pendant que Jenny et Nevio se regardent en silence.

✦

Lorsqu'ils arrivent au sommet de la colline, ils découvrent une foule d'observateurs, dont les visages sont éclairés par leurs écrans de téléphones. On dirait une constellation pontebellusine. Le quatuor s'arrête et pivote pour admirer un instant la vue depuis leur promontoire. Un zéphyr souffle patiemment sur les feuillages de la ville qui s'étend à leurs pieds, reproduisant le mouvement d'une mer verdoyante luisante de réverbères et tachetée de toits roux. Le dernier soleil de la journée éclaire de tons rougeâtres la rivière qui divise paisiblement la ville, et la ceinture de bouleaux ou de chênes dentèle l'horizon montant vers la première couche rosée du firmament.

Le quatuor déplie une grande nappe blanche imprimée de cerises et s'installe sur l'herbe rafraîchie par le soir. Jenny fouille dans son tote bag et tend un gobelet en plastique à tout le monde. Chacun se sert un verre en attendant que le spectacle céleste commence.

Quelques secondes après, les premières traînées argentées crénèlent le ciel et les conversations refluent. Il règne une atmosphère enchantée sur la colline, qui donne à tous les pontebellusins réunis le sentiment d'être minuscules face à l'immensité de l'univers.

Nevio est absorbé par la pluie d'étoiles quand Jenny lui pique son verre de bière. Il la regarde, surpris.

— Viens Nev, on va marcher.

Sans poser de question, il la suit, les yeux épinglés au ciel. Ils se retirent suffisamment du groupe pour être enveloppés par l'obscurité.

Le visage à demi éclairé par la lune, Jenny l'examine.

— C'était toi à la salle de sport, pas vrai ?

La magie est rompue. Nevio abandonne les étoiles, puis considère Jenny un moment. Comme elle continue de l'observer sans rien dire, il soupire longuement en se frottant la nuque.

— Je sais pas, Jen. C'était bizarre, j'ai rien compris.

Elle se rapproche, les yeux brillants.

— La salle de sport, ton rêve, tes yeux…

— Écoute, peut-être que c'était moi, la coupe-t-il.

Voilà, c'était dit. Et maintenant ?

— J'ai ressenti comme une espèce de décharge électrique, explique-t-il. J'avais l'impression que quelque chose en moi s'éveillait, comme si c'était là depuis toujours et n'attendait qu'un signal de moi. Et… la baie vitrée a explosé.

— Et personne n'a fait le lien avec toi ?

Il hausse les épaules.

— Je pense que tout le monde était trop secoué pour faire le lien avec quoi que ce soit. Moi, qui étais le principal témoin, n'ai pas été capable d'en tirer une conclusion…

Il porte son gobelet à ses lèvres et contemple d'un air pensif l'étoile qui fend le ciel.

— Tu ne peux pas ignorer ce genre d'évènement, Nev.

Le visage de Nevio se ferme aussitôt.

— Ah oui, et pourquoi ça ?

C'est vrai. Qu'est-ce qui l'oblige à ne pas ignorer ces coïncidences ? Poursuivre sa vie comme si de rien n'était ?

Jenny le regarde, la mine grave.

— Parce que ça corrobore ce qu'on dit depuis le début.

Un nœud se forme dans l'estomac de Nevio. La tentation de faire l'autruche ne triomphe pas de la vérité éclatante.

—Je ne sais pas si tu te rends compte de l'ampleur…

— Parce que tu es une experte maintenant ? raille-t-il en buvant une autre gorgée.

— Arrête deux secondes ton sarcasme. C'est sérieux. J'ai beau m'intéresser à l'ésotérisme, je ne connais rien à la magie.

Et j'ai beau faire partie d'une famille de praticiens magiques, je n'y connais rien moi non plus.

— Mais, continue-t-elle, j'ai toujours entendu dire qu'il y a un prix à payer.

Il fronce les sourcils. Oui, lui aussi a entendu cela. C'est ce qu'on appelle l'équilibre de la nature.

Jenny pose une main hésitante sur le bras de Nevio.

— Au risque de me répéter, tu devrais vraiment en parler à ta mère, Nev. On connaît tous les deux les histoires de ta famille. Anya pourrait t'aider à comprendre, à *t'apprendre*. Franchement, Nevio, tu as envie de te retrouver avec un pouvoir que tu ne maîtrises pas sur les bras ?

Il réfléchit un instant.

— Je lui en parlerai, consent-il.

— Hé, vous faites une contre-soirée ou quoi ? les interpelle Safira. Vu la tronche que vous tirez, vos verres doivent être vides. Allez, amenez-vous !

En silence, les deux retrouvent le reste du groupe.

Chapitre 9

La colline alterne les « oh » et les « ah ». Safira et Thibault papotent à voix basse. Et Jenny garde un œil sur Nevio qui demeure concentré sur les étoiles. La lueur dans son regard laisse penser qu'il s'extasie devant la pluie d'étoiles. En vérité, Nevio retient une anxiété grandissante dans l'iris humide de ses yeux. Au lieu de passer une soirée tranquille en compagnie de ses amis, il se retrouve le cerveau sens dessus dessous et le cœur au bord des lèvres. En cet instant, plus que jamais, il a le pressentiment que quelque chose se joue. Quelque chose de plus grand. Les étoiles se dessinent dans la nuit comme des présages.

Les jambes repliées sous lui, il suit du regard la trajectoire d'une étoile, qui s'attarde plus longtemps que les autres à l'horizon. Elle file sans s'arrêter, s'enfonçant toujours plus loin dans la profondeur de la nuit. L'attention de Nevio dérive plus loin. Un frisson remonte le long de son échine.

— Jen ?

Il indique du menton le bas de la colline.

— Là-bas. C'est le mec de la salle.

Elle se penche vers lui, plisse les yeux.

— J'y vois que dalle.

Elle laisse passer quelques secondes, et ses yeux s'arrondissent.

— Ça m'a l'air pas mal, c'est sec et musclé, décrète-t-elle. Apparemment, il est venu seul.

Nevio ne commente pas. Il est happé par la beauté ténébreuse de l'inconnu immobile à l'écart. Nevio se demande ce que l'inconnu fixe avec tant d'insistance dans le ciel. Soudain, la colline retient son souffle à l'instant où un météore déchire la nuit.

Nevio écarquille les yeux, ébranlé.

Mon rêve.

Un frisson remonte le long de son dos. Il se retourne, les sens en alerte. Le ciel strié d'étoiles filantes se met alors à projeter des ombres menaçantes sur l'herbe. Elles ondulent, s'étirent, jusqu'à atteindre des proportions anormales. Les visages, la colline, Pontebellusin… Absolument tout autour de Nevio semble se distordre.

Comme si l'univers était en train de se disloquer et qu'il était le seul à en être témoin.

Instinctivement, ses doigts accrochent la nappe qui ondule comme un sable mouvant sous lui. Il cherche dans le toucher un ancrage dans la réalité, et sous sa paume, la nappe reste immobile et fraîche. Seulement, elle ne correspond pas à ce que ses yeux lui montrent. Il brosse la colline d'un regard effaré, tourne le buste et se pétrifie. À plusieurs mètres, un grand arbre est planté, et, derrière son tronc, une ombre se dessine. Floue. Noire. Et la forme se précise. Nevio écarquille les yeux, réalisant que l'ombre n'est reliée à rien et qu'elle… l'observe.

Une ombre… vivante ?

Incapable de penser, incapable de se détourner, il commence à avoir des sueurs froides, pendant que l'ombre l'encadre de deux yeux rouge sanglant. Un vide se creuse dans sa poitrine, comme s'il ne devait plus jamais connaître le bonheur. Désemparé, il se tourne vers les autres. Mais personne n'a remarqué. Il ferme les yeux, tente de ravaler la boule coincée dans sa gorge, mais les deux yeux rouges persistent derrière ses paupières baissées.

Prenant son courage à deux mains, il se tourne à nouveau vers l'arbre.

Rien.

Il secoue la tête.

Cette fois, j'en suis certain : il y avait quelque chose là-bas.

— Nev ?

Jenny le dévisage.

Comment lui expliquer ce qu'il a vu ? Que quelque chose se tenait à la frontière des mondes visible et invisible ?

— J'ai eu un vertige, répond-il, la gorge sèche.

Il jette alors un coup d'œil à ses deux autres amis. Safira se frictionne les bras et le visage de Thibault est figé.

— C'est moi ou il fait super froid d'un coup ? demande Thibault à voix basse.

— Non, je l'ai senti aussi, confirme Safira.

Elle rive son regard vers le ciel noir. Nevio ne dit rien, obnubilé par l'arbre derrière lequel se tenait l'ombre.

— Tu veux un autre verre, Nev ?

Thibault incline la bouteille, mais Nevio lève une main en agitant la tête.

— Vous avez vu ce… derrière l'arbre tout à l'heure ? bégaie-t-il.

— Tu parles du beau ténébreux ? demande Jenny.

— Non, dit-il gravement. Là.

Il pointe l'arbre du doigt.

— J'ai vu une… ombre derrière cet arbre. Elle était tournée vers nous.

Un regard perplexe passe entre ses amis. Nevio ne comprend pas. Puis Safira lui prend son gobelet des mains.

— Je te confisque ton verre. Tu as assez bu pour ce soir, Nev.

Il la fixe, incrédule, avant de dévisager Thibault qui lui offre un sourire embarrassé.

Je passe pour un fou.

Nevio se lève, s'époussette le pantalon et lance :

— Bon, on y va ? Je crois que le spectacle est fini.

En franchissant le seuil, il trouve sa maison figée dans le sommeil, puis referme doucement la porte d'entrée, comme pour empêcher l'atmosphère paisible de s'en échapper. Il se dépêche de monter dans sa chambre. Il assume aussitôt la lumière. Sur le chemin du retour, il n'a pas arrêté de se sentir observé.

Nevio :

Tu dors ?

Jenny :

J'attendais ton message.

C'est quoi cette histoire d'ombre derrière l'arbre ?

En se laissant tomber dans son lit, il colle un instant son téléphone contre son ventre et fixe le plafond.

Nevio :

Est-ce que tu as senti le changement d'ambiance à la fin de la pluie d'étoiles ?

Jenny :

Je crois qu'on l'a tous senti…

Nevio :

J'ai aperçu quelque chose. Une ombre aux yeux rouges. Et elle me fixait.

Son pouce reste suspendu au-dessus de l'écran après avoir envoyé son message. Nevio se rend compte qu'il a la tremblote. Il sait que Jenny lui accordera du crédit. Il ne doute pas d'elle. Seulement, il relit son propre message et grimace. Difficile de ne pas le prendre pour un fou à lier.

Jenny :

Je n'ai vu personne, Nevio.

Il ferme les yeux.

Jenny :

Parle à ta mère demain. Ça prend une tournure trop bizarre. Je pense que les coïncidences n'ont plus leur place.

Nevio :

Je sais pas, ça me stresse.

Jenny :

Paniquer maintenant ne changera rien. Si tu veux, je peux être là quand tu lui parles.

Nevio :

Oui, merci Jenny. On se voit demain alors pour la rentrée…

Jenny :

Essaie de te reposer.

Je vais faire de mon mieux, Jen…

Il abandonne son téléphone sur la table de chevet et attrape ses écouteurs pour chercher refuge dans sa playlist. La musique l'entraîne à l'orée de la conscience où son disque dur cérébral entreprend de scanner la journée. Son esprit dérive une dernière fois vers le bleu céruléen de l'inconnu avant que Nevio s'enfonce dans son oreiller en expirant.

Encore une fois, la nuit ne promet pas d'être un refuge pour lui.

Chapitre 10

Il baisse une dernière fois les yeux sur sa tenue : un tee-shirt noir ajusté sous une chemise rouge à carreaux, avec un jean noir et une bonne vieille paire de *Vans*. Nevio reste un instant sur le trottoir.

Le lycée.

La vision apocalyptique de son cauchemar traverse son esprit, et il ferme les yeux.

Non.

Il inspire à fond, oblige ses épaules à se détendre. Pas question de jouer les mauviettes avant même d'avoir mis un pied au bahut. Il opine, se forçant au courage, puis quitte le trottoir d'un pas décidé pour traverser la route en direction de son nouveau quotidien.

La musique à plein pot dans ses écouteurs, il fait un signe de main à Jenny, qui l'attend sur un banc au coin de sa rue avec un café à la main.

— En espérant que ça t'ôte cette horrible ride du lion, dit-elle en désignant son front du menton.

Il accepte le gobelet en carton qu'elle lui tend. Le riche arôme du café s'infiltre dans ses narines, et il sourit d'un air complice.

— Si ça vient du bistrot de tes parents…

Il prend une gorgée, laissant la caféine réveiller en douceur son métabolisme. Le soleil automnal lui caresse le visage, et ils se mettent tranquillement en marche.

— Je vais parler à ma mère après les cours, annonce-t-il au bout d'un moment.

— Oh.

— Tu viens toujours avec moi ?

— Évidemment.

Il continue à marcher en silence. Puis au bout de quelques mètres, Jenny dit tout bas :

— J'espère qu'il ne t'arrive pas d'autres tuiles…

— Arrête, dis pas ça. Ça va me porter la poisse.

— Nev j'essaie d'être réaliste.

Et il a tout sauf besoin de son réalisme. En cet instant, il a besoin d'espoir.

— Tu veux que je te dise que, si ça tourne mal, tu pourras toujours te reconvertir en médium ? lui rétorqua-t-elle avec un sourire moqueur.

Nevio s'ébroue. Il a horreur de débattre avec elle, car Jenny a réponse à tout. C'est pour cela qu'elle est sa plus grande force.

✦

Une fois devant le lycée, tous les deux plongent dans un silence presque religieux, se recueillant devant le bâtiment, qui forge l'avenir de Pontebellusin.

— Ça y est, Nev. On est officiellement des grands.

— Parle pour toi. J'ai bientôt dix-sept ans.

— Ah, excuse-nous, on n'a pas tous repiqué notre sixième.

Elle pouffe de rire quand il réplique en lui pinçant les côtes.

Le lycée se dresse devant eux dans sa forme circulaire rappelant un amphithéâtre flavien moderne. Les baies vitrées au rez-de-chaussée absorbent le soleil, et le lierre qui court sur ses façades semble conserver la fraîcheur à l'intérieur des couloirs. L'herbe grasse s'étale autour du bâtiment en longues plates-bandes crénelées de timides pâquerettes blanches. Une adorable fontaine en pierre entourée de bancs s'élève au bout de la longue allée en dalles devant l'entrée principale. Les stands de café et de nourriture diffusent une senteur qui fleure bon la jeunesse.

En s'approchant de la fontaine, Jenny et Nevio repèrent aussitôt Safira.

— Où est mon café ? s'enquit-elle.

— Bonjour, rayon de soleil ! Je vais bien, merci. Et toi ?

Nevio réprime un rire quand elle lui lance un regard mauvais.

— Oula, tu as besoin d'un café toi aussi, glousse-t-il.

— Prends le mien, Saf. Je n'y ai pas touché ; il était trop chaud.

— Jenny, tu es un amour. Tu vois, Nevio ? C'est ça les vrais potes.

Elle refuse néanmoins le gobelet.

— T'inquiète, Jen. Je vais m'en chercher un au stand d'à côté.

— Exactement ce qu'il me fallait !

Surgissant de nulle part, Thibault s'empare du gobelet de Jenny et boit, l'œil malicieux. Exaspérée, Jenny lance :

— Bon, je t'accompagne Saf. Apparemment, ce café et moi ne sommes pas faits l'un pour l'autre.

L'atmosphère vibre de l'effervescence de la rentrée. Les couloirs en dédale résonnent des rires des étudiants, du claquement des casiers et des piaillements enjoués. Une foule est amassée devant les panneaux d'affichage indiquant la répartition des classes, où chacun récupère son emploi du temps.

Nevio lit son nom sur la même liste que celle de Safira et Jenny.

— Apparemment, je suis le mouton noir cette année, constate Thibaut.

Les trois autres se tournent vers lui, ne sachant trop comment réagir. Thibaut se contente de hausser les épaules.

— On a des emplois du temps similaires, remarque Jenny. On pourra toujours se retrouver à l'heure du déjeuner.

Elle lui fait un petit sourire auquel il répond par un clin d'œil.

La cloche sonne la pause déjeuner, et Nevio sursaute. Il n'a pas vu le temps passer. Plutôt bon signe. La présentation des professeurs, des livres à se procurer pour l'année et de la marée de connaissances que leurs pauvres cervelles vont devoir emmagasiner a occupé toute la matinée.

Les lycéens déboulent du bâtiment, plein d'entrain, et le soleil leur ouvre les bras. À l'ombre d'un grand tilleul, Nevio et Jenny attendent le reste de la troupe. Safira les rejoint, accompagnée d'une autre lycéenne.

— Les gars, je vous présente Lara. Elle est dans notre classe, elle débarque d'une grande ville. Je lui ai proposé de manger avec nous à midi.

Lara tourne vers eux un sourire lumineux. Sa longue chevelure blonde flambe au soleil qui affirme les traits de son visage. Une curiosité malicieuse brille dans ses yeux marron. Clairement, la nouvelle recrue dégage une personnalité explosive. *Safira va avoir de la concurrence*, pense Nevio avec un sourire.

— Sympa le foulard léopard, la complimente Jenny.

—Je pourrai te le prêter, si tu veux, propose Lara pour briser la glace.

— Avec plaisir. Ça sur la tête, plus une paire de lunettes… Le look parfait de détective privée.

— C'est marrant que tu dises ça ; j'adore les émissions sur les enquêtes de meurtre, révèle Lara.

— Ah bon ? Mais tu ne m'as pas dit que t'étais plutôt branchée équitation ? dit Safira.

Lara hoche la tête.

— Aussi, oui. Mais résoudre les mystères, c'est vraiment mon délire.

— Et qu'est-ce qui t'a poussé à emménager à Pontebellusin ? demande Nevio.

— Je te laisse deviner, dit-elle avec un sourire énigmatique.

Il n'a pas le temps de réfléchir, Thibault arrive avec quelqu'un d'autre. Une autre recrue. Et pas n'importe laquelle.

— Les gars, voici Maxime.

Le cœur de Nevio fait une embardée. Il reconnaîtrait entre mille ces yeux bleus qui lui ont transpercé la tête.

Le beau ténébreux.

Contempler Maxime de près n'a rien à voir. Son

aura percute Nevio de plein fouet. Nevio le détaille avec une fascination à peine voilée.

— On ne t'a jamais vu dans le coin, déclare Nevio, la tête penchée.

Maxime braque son attention sur lui, sans sourire.

— On ne s'est jamais fixés nulle part avec mes parents.

— Des nomades, quoi ?

Les lèvres de Maxime frémissent, et il acquiesce d'un signe de tête.

— Pontebellusin a l'air plutôt sympa, reconnaît-il.

— Tu crois que ça pourrait être ton dernier arrêt ? dit Nevio.

Nevio oublie carrément les autres. Maxime plante son regard magnétique dans le sien. Nevio déglutit, se sentant mis à nu. Une sensation grisante.

— Peut-être, répond-il enfin d'une voix traînante.

L'air crépite d'une tension électrique. La peau de Nevio se hérisse délicieusement sous son tee-shirt. Son corps devient trop étroit pour la marée d'émotions intérieure. Une fièvre torride lui assèche la gorge. Il adorerait plonger dans ses yeux couleur de lagon, pour soulager le feu qui lui lèche les veines.

— J'ai la dalle, on va manger ? lance Safira.

Le groupe se met en marche. Nevio et lui demeurent un instant face à face, puis Maxime se détourne pour rejoindre les autres. Nevio souffle comme s'il venait de courir le marathon. Il lève la tête vers le ciel dégagé et se perd volontiers dans ses pensées. Pour une fois, son esprit n'est hanté que par l'Apollon, qui a désormais un nom.

Maxime.

Chapitre 11

Sur le seuil de la salle de classe, Nevio s'arrête, puis se pince l'arête du nez.

— Qu'est-ce qui se passe ? demande Jenny.

— J'ai oublié mon livre de physique dans mon casier, répond-il d'une voix exaspérée. Dis au prof que j'arrive dans deux minutes, lance-t-il par-dessus son épaule en filant.

— Magne-toi, j'ai pas envie de te couvrir le premier jour.

Le couloir est désert. Nevio remonte le couloir d'un pas pressé, puis tourne à l'angle pour se diriger vers les casiers alignés le long de la cage d'escalier au fond, près de la porte battante.

Ses doigts bataillent avec la serrure de son casier qui refuse d'obtempérer.

C'est bien ma veine.

Un courant d'air lui court en travers de son dos. Un sentiment d'urgence le saisit, et il se retourne. Il lance un regard à la ronde. Son œil pâle d'anxiété se tourne vers la cage d'escalier. Nevio a la désagréable impression d'être observé. Ses yeux se plissent, cherchant à mieux discerner dans la pénombre qui obscurcit la cage d'escalier.

La lumière paraît se dérober. Il n'entend plus qu'un silence assourdissant alors que l'ombre sous l'escalier s'épaissit. Sa respiration se saccade, et un sifflement monte de la cage d'escalier. Il porte une main sur sa poitrine, s'efforçant de chasser le sentiment de vide qui l'envahit. Le même que sur la colline lors de la pluie d'étoiles.

— Tu ne peux plus te cacher.

Une voix résonnante, montée des abysses, lui dresse le duvet sur tout le corps. Le frisson serpente autour de Nevio comme du fil barbelé. Sa gorge se noue. L'air se dérobe quand il discerne la forme qui se détache de la pénombre de la cage d'escalier.

Deux yeux rouges fixent Nevio d'une lueur malveillante.

— Viens avec moi.

La froideur dans le ton cajoleur de l'ombre lui

donne un mauvais pressentiment. Il recule d'un pas. L'ombre se fige. Elle lève une griffe acérée, noire comme la nuit. Nevio n'arrive plus à penser, tétanisé. Il sursaute quand un cri retentissant et strident lui perce les tympans et que l'ombre, sans crier gare, s'élance sur lui.

Le corps de Nevio réagit avant que ses neurones ne se dépêtrent de l'effroi et esquisse un mouvement de fuite vers la cour. L'ombre est plus rapide. Elle s'évapore, le traverse. Il suffoque en portant une main sur sa poitrine, choqué par cette sensation invasive, puis l'ombre étire sa masse informe, formant un bras de nuée noire, et projette Nevio qui s'écrase de tout son poids contre les casiers.

Il tousse alors que la bile lui remonte dans la gorge. Avec effort il tourne ses yeux vers les lumières du plafond qui semblent faiblir. Le couloir tombe dans la pénombre. Étourdi, Nevio reporte péniblement son attention sur l'ombre. Elle glisse sur le sol, faisant vibrer l'air autour d'elle, puis, sans un bruit, elle disparaît.

Affolé, Nevio regarde de tous les côtés. Sa respiration se coupe quand de grandes griffes lui enveloppent la gorge. Incapable de tourner la tête vers l'ombre, qui est reparue dans son dos, il tente de pousser un cri d'alerte, mais la main noire lui broie les cordes vocales. Il cherche à s'y agripper avec des gestes paniqués, puis l'ombre le lâche. Elle se place devant lui avant de lui envoyer un coup dans l'estomac qui le plie en deux. D'un coup, Nevio se retrouve catapulté dans les airs avant d'atterrir lourdement, faisant une roulade arrière dans sa chute.

Il réprime un sanglot face à la force de la douleur qui lui foudroie le coccyx. Il se remet à quatre pattes, tente de reprendre son souffle, et relève la tête vers l'ombre qui fond à nouveau sur lui, les griffes en avant. Dans la panique, il tombe à plat ventre et roule sur le côté pour l'esquiver.

La terreur le fait se redresser sur ses jambes flageolantes. Il balance machinalement un coup de poing imprécis au moment où le bras de l'ombre s'abat sur lui. Il ne sent rien. Aucune collision. Il traverse l'air. Puis recommence. La peur au ventre, il enchaîne des coups imprécis dans le seul espoir de se défendre. Incapable de se contrôler, il finit par perdre l'équilibre. À cet instant, il a juste le temps de voir le revers avant de sentir sa tête se dévisser sous la force du coup.

Il échoue sur les casiers métalliques, et l'ombre lui assène un coup de griffes. Il ouvre des yeux épouvantés, tâtonnant son ventre d'où jaillit un filet de sang. Son cœur martèle sa poitrine, et la nausée lui retourne l'estomac. Son esprit est complètement paralysé, mais son cerveau reptilien, lui, ordonne à ses jambes de fuir dans la direction opposée.

Il étouffe un cri, serre les dents. Deux bras noirs s'enroulent autour de lui par-derrière. L'air se vide petit à petit de ses poumons pendant que les ténèbres lui ceinturent la taille.

— Nev ?

Il relève immédiatement le menton et entrevoit l'expression effarée de Jenny.

— Jenny n'approche pas ! s'époumone-t-il.

Soudain, une boule lumineuse apparaît devant lui. Comme à la salle de sport. En un éclair, elle fonce sur lui et s'engouffre lentement dans sa poitrine. Ce n'est pas le même effet que lorsque l'ombre l'a traversé. Une chaleur s'immisce dans sa poitrine et lui ouvre la respiration. Puis une autre énergie, différente, violente, monte de ses entrailles pour venir à sa rencontre. Dès qu'elles entrent en connexion au centre de son plexus solaire, la collision est fracassante. Une explosion de lumière inonde le couloir. Jenny se couvre les yeux et l'ombre relâche Nevio, propulsée en arrière contre la cage d'escalier. Nevio tombe en avant dans un souffle. L'ombre reste un instant cloué contre le mur, puis s'évanouit comme par enchantement.

La lumière artificielle réinvestit progressivement le couloir. L'atmosphère oppressante se dissipe, et le murmure du lycée reprend possession des lieux.

Jenny se précipite vers Nevio, secouée.

— Tu… tu l'as vue ?

Il parle d'un ton fébrile, observant ses mains tremblantes, puis lève les yeux vers elle, encore sous le choc.

Elle le regarde gravement.

— Oui.

Le tremblement de ses mains s'accentue. Il aurait peut-être préféré avoir perdu l'esprit, car s'il n'a pas halluciné, cela signifie que le monde tel qu'il le connaît n'existe plus.

— Qu'est-ce que c'était ? Qu'est-ce que ça te voulait ?

Elle s'assoit à côté de lui, se sentant faible tout à coup. Adossé au casier, Nevio parle d'une voix presque inintelligible, se tenant les côtes endolories.

— Je n'en sais rien. On aurait dit… une ombre.

Il se rappelle ses griffes noires, le froid qui le percutait chaque fois qu'il recevait un coup, et réprime un frisson.

— Tout est lié, Jenny, dit-il de sa voix grave. Ce qui m'arrive, le pouvoir de ma famille… Ça n'a rien d'un hasard.

Jenny baisse la voix en lui demandant :

— Comment t'as fait pour t'en débarrasser ?

Il fronce les sourcils.

— Je n'en sais rien non plus, avoue-t-il à contrecœur. Il y a eu la boule lumineuse… Tu sais, celle à la salle de sport. Elle a plongé dans ma poitrine et après… c'était comme une explosion. J'ignore si cette boule lumineuse m'appartient ou...

— Visiblement cette boule lumineuse est liée à toi. Est-ce que tu l'as invoquée d'une manière ou d'une autre ?

— Invoquée ? Tu m'as bien vu ? Je me faisais laminer la gueule.

Elle secoue la tête.

— Je veux dire, est-ce que tu as pensé à quelque chose en particulier ? insiste-t-elle. Il doit bien y avoir une raison pour laquelle elle est apparue, non ?

Nevio fixe la cour devant lui. Cela s'est passé si vite. Il était envahi par le froid. Pour lui, il pensait que c'était terminé. Toutes ses émotions étaient en pagaille. Il se souvient alors du visage de Jenny lorsqu'elle est apparue au bout du couloir. La peur qu'il a lue sur son visage, et celle qu'il a ressentie à l'idée qu'il arrive quelque chose à sa meilleure amie. C'est tout ce qu'il arrive à démêler dans le brouillard qui plane sur son esprit.

— Qu'est-ce que vous faites ici ?

Nevio tourne la tête vers cette voix qui le fait tressaillir.

— Une pause, s'empresse de répondre Jenny. Le cours de physique était barbant.

— Dès le premier jour ? dit Maxime, un sourire dans la voix. Ça promet.

Il se penche vers eux, comme pour leur glisser une confidence.

— Si j'étais vous, je sècherais quand même *ailleurs* que dans les couloirs.

Avec un clin d'œil, Maxime reprend son chemin, la démarche souple, comme une apparition après la tempête, puis il disparaît à l'angle du couloir. Nevio tente de se relever en titubant, désarçonné par ce changement rapide d'émotions. Passer de la terreur à l'admiration en un claquement de doigts n'est certainement pas recommandé. Lui qui aime les sensations fortes, le voilà servi.

Se levant à son tour, Jenny ouvre de grands yeux.

— Nev, ferme ta chemise.

Il baisse les yeux vers son tee-shirt.

— Merde.

Il se dépêche de boutonner sa chemise pour cacher l'entaille laissée par l'ombre qui l'a agressé.

— Ça va ? s'enquit-il inquiet.

Il opine vaguement.

— Je crois que je vais zapper le cours de tae, ce soir. Je ressemble à un hématome ambulant. Comme ça, on ira parler à ma mère directement à la sortie des cours.

Chapitre 12

Méfiant, Nevio observe les ombres dans les ruelles de Pontebellusin en fin de journée. Elles ont l'air de s'intensifier à chaque détour de rue. Ce qui est logique. Le jour tombe. Cela a toujours été ainsi. Mais le monde dans lequel il a grandi vient de voler en éclats. Nevio n'a aucune idée de comment se remettre d'un tel séisme.

— Nev, à cette allure, je vais finir par avoir un point de côté.

Nevio ignore Jenny. Le tic-tac des horloges du lycée a étiolé sa patience. Toute la journée il n'a pensé qu'à une chose : parler à sa mère.

En bas de la ruelle pavée, la petite boulangerie rustique d'Anya apparaît sous un arc fleuri de lilas. Un carillon chante l'entrée de Nevio et Jenny. Un parfum de cannelle et de vanille flotte dans l'air. Anya se tient derrière le comptoir, les mains enfarinées alors qu'elle pétrit la pâte.

— Tiens, qu'est-ce que vous faites ici tous les deux ? s'étonne-t-elle. Comment était cette première journée au lycée ?

Catastrophique.

— Maman, dit Nevio, le visage dur. Il faut qu'on parle.

Anya ne sourit plus. Elle pose momentanément les yeux sur Jenny, qui n'en mène pas large, puis revient sur Nevio. Elle essuie machinalement ses mains pleines de farine sur son tablier, puis sort de derrière le comptoir et se dirige vers l'entrée. Elle insère la clé dans la serrure, verrouille la porte, puis tourne le panneau indiquant « Fermé ».

Elle se tourne vers eux et leur indique l'arrière-boutique d'un signe de tête.

— On s'installe derrière.

Ils contournent le comptoir, franchissent la porte de l'arrière-boutique et s'assoient autour d'une table en bois. Anya apparaît quelques instants plus tard, avec un plateau garni de pâtisseries alléchantes et colorées. Elle prend place à son tour, pose les mains sur ses cuisses et croise les jambes, attendant qu'il parle.

— Maman, tu te souviens de notre conversation sur les énergies ? Les légendes sur notre famille…?

Sans attendre de réponse de sa part, Nevio vide son sac. Il raconte tout. Dans les moindres détails. Si Anya éprouve de la désapprobation, ou de la peur, quant à ce que lui raconte son fils, elle n'en laisse rien voir. Les mains sur les cuisses, les jambes croisées, elle n'a pas bougé d'un iota depuis le début de son récit.

— L'ombre voulait que je la suive, conclut-il sombrement.

Personne n'a touché aux pâtisseries sur la table. Jenny est restée muette, et Nevio a évité soigneusement de regarder sa mère, de peur de faire machine arrière dans son élan de sincérité.

— Pour aller où ? demande Anya après un temps.

Un silence obscurcit l'arrière-boutique. Nevio fixe le sol sans rien dire. Anya comprend qu'il n'en sait pas davantage.

— Je n'ai jamais entendu de choses pareilles. Pas même dans notre famille.

Elle décroise les jambes et se met debout.

— Cela dépasse mes compétences, Nevio.

Le regard de Nevio se voile.

— Tu as brisé la tradition magique de notre famille.

La brutalité des mots d'Anya attire net l'attention de Nevio qui tourne la tête vers elle. Il n'a rien cherché à *briser*. Il n'a rien voulu de tout cela. Depuis que cela a commencé, il ne fait que subir cette avalanche de catastrophes.

En l'observant, il ne trouve aucun pli accusateur sur son visage, seulement du scepticisme. Légèrement rassuré, il ose demander :

— Est-ce que cette chose s'en prend à moi pour rétablir l'ordre ? Et pourquoi… moi au lieu de Chiara ?

Anya s'approche de lui, se baisse à son niveau, posant ses mains sur celles de son fils. Il relève la tête vers la détermination farouchement imprimée dans l'œil de sa mère.

— Je vais trouver des réponses, Nevio. En attendant, nous devons *tous* redoubler de vigilance.

Elle jette un regard à Jenny qui acquiesce.

— Tu sembles être pris dans quelque chose de plus grand que toi, Nevio. Si la magie est venue à toi, il doit y avoir une raison. Quant à moi…

Elle se relève, l'air grave.

— Je dois trouver un moyen de te protéger de cette créature.

Pour la première fois depuis qu'ils se sont installés dans l'arrière-boutique, Jenny prend la parole :

— C'était bizarre. J'étais assise au fond de la classe et on n'entendait rien. Je suis sortie parce que je me demandais où Nev était passé. Personne n'a entendu le combat. Moi-même je n'ai rien entendu en quittant la classe. Quand j'ai posé les yeux sur cette ombre, c'est comme si je venais de pénétrer une bulle insonorisée. Et puis, il y a eu cette sensation de vide, de froid… de mort.

Nevio frissonne en se rappelant la sensation que Jenny décrit.

— J'ai eu l'impression d'être engloutie dans les ténèbres…, achève-t-elle d'un air absent.

Un pli marque le front d'Anya.

— D'après les légendes des Arcanistes, il existe toute sorte de créatures en ce monde. Celle-ci veut quelque chose de toi, Nevio. Tu vas devoir développer tes pouvoirs pour te protéger. Je te guiderai.

Alors que sa mère assume officiellement son rôle de mentor, il a l'impression que les murs de la pièce se referment sur lui, et respirer relève désormais de l'exploit. Il attrape une pâtisserie et croque dedans sans appétit, en espérant se reprendre.

— Par contre, poursuit Anya plus sérieusement, il est impératif de garder toute cette histoire pour nous.

Jenny et lui approuvent d'un signe de tête solennel.

Le soleil couchant s'allonge sur les rosiers odorants encadrant le plancher sous le porche de Nevio. Lorsqu'il referme la porte derrière lui, elle émet un grincement sinistre. Il soupire et se dirige vers sa chambre. Il enfile ses écouteurs en chemin, avec incertitude, puis finit par les retirer, estimant qu'il vaut mieux rester connecté au monde extérieur. Faire preuve de vigilance, comme le préconise sa mère. D'ailleurs, où est-elle ?

Il jette un œil à sa montre qui affiche vingt heures. Elle devrait être rentrée.

— Maman ?

Silence.

J'imagine qu'elle ne va pas tarder.

Il réajuste son sac sur ses épaules et avance vers l'escalier en bois qui craque sous ses pieds. Lorsqu'il arrive à l'étage, il s'immobilise devant le couloir baigné dans l'obscurité. Son pouls s'emballe. Un sentiment familier lui hérisse la nuque et son cerveau cesse de fonctionner. Automatiquement, ses doigts partent à tâtons vers le mur. Ses lèvres s'assèchent alors qu'il halète, incapable de trouver l'interrupteur. Gardant les yeux fixés sur le couloir, il retient sa respiration.

La paroi lisse révèle enfin le carré plastique à son toucher. Nevio pousse un soupir et allume la lumière. Ses épaules s'affaissent.

Il remonte ensuite le couloir jusqu'à sa chambre, puis pousse la porte. Une fois à l'intérieur, il prend un instant pour souffler un coup et laisser l'adrénaline retomber. La fatigue s'abat alors sur ses paupières. Engourdi, il palpe ses blessures en grimaçant.

Il avance jusqu'au miroir de son armoire, se débarrasse de sa chemise et de son tee-shirt. Des marques rouges promettent de sacrés bleus sur son abdomen. Il étudie son corps, désemparé. Il ouvre son armoire, pioche des vêtements propres en vue d'une douche.

Il claque la porte de l'armoire, puis reste interdit.

Lentement, une ombre émerge du coin de sa chambre, lui bloquant l'accès à la porte.

— Nous savons ce que tu caches, siffle une voix sonore. Et Aelara s'en emparera.

Nevio fait volte-face, coincé.

— Ce que je cache ? Comment ça ? Qui est Aelara ?

Un souffle de tombes en putréfaction court dans la chambre de Nevio, qui plaque une main sur sa bouche, pris de nausée.

— Nevio, je suis rentrée, lance Anya de l'autre

côté de la porte.

Lorsqu'il voit la poignée s'abaisser, il panique.

— Maman, non ! N'entre pas !

La porte s'ouvre brusquement. L'ombre n'est plus là.

— Que se passe-t-il, Nev ?

Les yeux d'Anya se posent partout dans sa chambre. Elle tire la porte vers elle en entrant, pour regarder derrière. Il n'y a rien. L'ombre s'est évanouie, comme au lycée.

— Elle était là…

Anya le considère sans comprendre.

— L'ombre, précise-t-il, la mine sombre.

L'horreur se peint sur les traits de sa mère. Elle se rue vers lui.

— Mon Dieu ! Elle t'a blessé ?

Il secoue la tête.

— Pas cette fois.

Anya recule, regarde à nouveau autour d'elle

comme si on les épiait.

— Qu'est-ce qu'elle t'a dit ?

— Elle a dit qu'ils savent ce que je cache et qu'Aelara s'en emparera. De quoi est-ce qu'elle parle ? Qui est Aelara, maman ?

Anya digère les informations avec méthode, le dos droit.

— Je dois créer une barrière de protection ce soir, décrète-t-elle. Cette créature ne doit pas entrer chez nous. Je vais potasser nos vieux grimoires de famille sur-le-champ.

Chapitre 13

Dans un royaume où la lumière se couche à l'horizon comme un ruban désenchanté en porcelaine vit Aelara, l'Étoile déchue. Autrefois divinité resplendissante, elle n'est plus que vengeance. Désormais, elle erre dans un royaume crevassé et perdu dans le cosmos, en exil. Dans l'aridité de son royaume, elle cultive l'amertume, instille son poison dans chaque centimètre de son temple aussi noir que son âme. Malgré tout, l'Univers n'a pas oublié son nom. Alors il lui permet de se raccrocher aux replis des ténèbres, où elle rassemble ses forces.

Aelara avance, belle et ténébreuse. Sa longue chevelure sombre tressée dans un ensemble de perles noires tombe sur sa peau diaphane, soulignant son port altier. Ses yeux sont d'une profondeur semblable à la nuit, un mélange angoissant et irrésistible. Sa présence résonne dans les ténèbres, l'air frémit sur le passage de cette lumière qu'on a oublié d'éteindre. Les ombres lui obéissent, se tordent aux caprices de sa volonté.

— Umbra, qu'en est-il du garçon? demande-t-elle, glaciale.

L'Univers paraît retenir son souffle. L'éther vacille. Une ombre de sa création, arrachée aux cauchemars, et née de sa volonté. Aelara l'a façonné dans les vestiges de son pouvoir. Umbra n'existe que par et pour elle.

En serviteur dévoué, il exécute une révérence, son regard rouge luisant verrouillé sur elle.

— Ma reine, j'ai observé le garçon. Il a l'air faible, mais les énergies l'accompagnent.

Un sourire sombre étire les lèvres rondes d'Aelara et l'avidité perce dans son regard.

— Raconte-moi. Qu'as-tu vu ?

— Je le tenais. Il était seul, envahi par la peur.

Aelara sent que ce n'est pas tout. Elle incline la tête, et demande avec exigence :

— Mais ?

Umbra hésite un instant.

— Il a résisté, ma reine.

Une lueur étincelle dans le regard profond d'Aelara.

— Et ses pouvoirs ?

— Difficile à dire. Il n'a pas lancé de sort. Rien ne prouve qu'il ait des pouvoirs. Il se défendait surtout comme un humain.

Un sourire agite les lèvres froides de l'Étoile Déchue.

— Intéressant, murmure-t-elle en effleurant le bras de son trône dans un geste lent. Il y a donc une force en lui qui n'est pas exploitée. Une ombre qui ne demande qu'à être réveillée.

Elle se redresse.

— C'est lui, Umbra, je le sens. Ce garçon est ma rédemption. Le pouvoir dont j'ai besoin.

Umbra demeure immobile, attendant les ordres de sa maîtresse impitoyable.

— Tu connais ta tâche, déclare-t-elle. Attire-le vers les ombres. Fais-lui croire qu'elles sont sa force. Qu'il vienne à nous de son plein gré, car une fois qu'il aura cédé à la nuit, il sera à moi.

— Cette jeune fille semble le galvaniser, l'interrompit-il. L'amour, la loyauté, l'amitié… Des liens qui pourraient le retenir.

— Alors brise-les, répond-elle sur un ton

péremptoire. Attaque ses proches, sème le doute, insuffle la peur, étouffe leurs espoirs, utilise les ombres… Et si la douleur ne suffit pas, prive-le de ce qu'il a de plus cher. Il viendra alors à nous, de gré ou de force.

Du bout des doigts, Aelara joue avec les énergies qui gonflent le néant.

— Bientôt, l'Étoile Déchue renaîtra, annonce-t-elle, sombre. Cette fois, aucune barrière divine ou terrestre ne pourra entraver mon ascension.

Elle tourne son œil fielleux vers la Terre, sommant Umbra de traverser le voile qui sépare son royaume du monde de Nevio.

En silence, l'ombre aux yeux vermeil s'infiltre dans la nuit.

Chapitre 14

Deux semaines se sont écoulées depuis la rentrée du lycée – depuis l'attaque d'Umbra –, et les recherches de Nevio et de Jenny n'ont rien donné. Entre-temps, il a débuté son entraînement de manipulation énergétique, et chaque jour, Anya s'attèle à renforcer la barrière magique qui entoure leur maison par des artefacts, plantes, bougies et…

— Du sel ?

Nevio descend de l'étage, dubitatif, et observe les coins de la maison jonchés de monticule blanc.

— C'est pour nous protéger, lui répond Anya.

— Et le bouquet de sauge au-dessus de la porte aussi ?

Anya souffle. Elle appuie ses mains sur ses genoux et se relève, discernant la moquerie dans la voix de son fils, et plante ses mains dans ses hanches, tournée vers lui.

— Eh, ne me regarde pas comme ça, fait-il en haussant les épaules. C'est juste que si j'avais su, je ne me serais pas donné tant de mal dans mon entraînement ; j'aurais foncé au rayon épices du supermarché. Est-ce qu'il faut que j'aille prendre de l'ail ? On ne sait jamais, les vampires pourraient se joindre à la fête.

Jenny, assise sur le pouf dans le salon, lève le nez de son livre et le tance du regard.

— Nevio, il y a une raison derrière ces pratiques. Ce talisman a été créé par ta grand-mère pour nous protéger.

Jenny referme son bouquin et le pose sur le canapé kaki à côté d'elle.

— Anya, intervient-elle, comment être sûr que le talisman protégera la maison si on ne connaît pas cette… ombre ?

Anya repose la salière sur la table de la cuisine, se poste devant la fenêtre, pensive, et croise les bras sur sa poitrine.

— Nous n'en savons rien.

Jenny et Nevio restent bouche bée. Ce n'était pas la réponse qu'ils attendaient.

— C'est pour ça que Nevio doit maîtriser au plus vite ses pouvoirs de praticien magique, continue-t-elle sans détours. Chacun de nous est doué dans un domaine. Manipuler les forces universelles exige prudence et discrétion, surtout aujourd'hui. Chaque acte comporte des conséquences. Il n'a fallu qu'une seconde pour que ma vie prenne un tournant regrettable et irrévocable.

— Pourquoi tu n'invoques pas les énergies, maman ? Tu en as le pouvoir toi aussi. Mais je ne t'ai jamais vu effectuer de rituel, seulement tirer les cartes.

Anya se dissimule dans l'éclairage tamisé de la cuisine. Nevio vient s'asseoir à la table de la cuisine. Jenny l'imite.

— Il faut savoir quand utiliser ses pouvoirs et quand laisser faire les choses, même si c'est difficile, répond Anya d'une voix enrouée. J'ai appris à mes dépens qu'un pouvoir *immature* pouvait être aussi protecteur que destructeur, Nevio.

Les yeux d'Anya paraissent briller d'une émotion qu'elle s'efforce de cacher en agitant discrètement la tête.

— J'étais à peine plus âgée que toi, Nevio, commence-t-elle à voix basse. La vie m'apparaissait pleine de promesses. J'avais des amis, beaucoup. Puis il y a eu un incident… ça aurait pu leur coûter la vie, et j'ai pris le risque de les protéger. Au début, ils étaient émerveillés par la magie dont j'étais capable. Mais l'enthousiasme de la nouveauté et l'euphorie d'avoir été sauvé s'est transformé en crainte. Très vite, on m'a étiquetée comme la sorcière du quartier.

Nevio n'avait jamais vu sa mère aussi vulnérable. Il s'apprête à la rejoindre. Jenny le retient doucement par le poignet, et pose un doigt sur sa bouche, lui faisant signe de se taire.

D'abord contrarié, il finit par opiner du chef et se rasseoir.

Que ce soit par pudeur ou pour le préserver, il est rare que sa mère lui dévoile un pan de son passé. Si elle voit son inquiétude, elle risquerait de s'interrompre dans son élan.

— Ça s'est passé une nuit, reprend Anya faiblement. Ma mère n'était pas à la maison. Il n'y avait que mon frère et moi. Une foule s'est précipitée à notre porte. Parmi eux se trouvaient mes amis, mais je ne reconnaissais aucun visage ; la peur et la haine déformaient leurs traits. Ils ont défoncé la porte, torches à la main, et ont tenté de nous enfermer dans une pièce.

Elle laisse passer une seconde, inspire profondément.

— Ils nous ont lapidés, lâche-t-elle avec détachement. Je porte encore la cicatrice d'une pierre qu'on m'a jetée ici.

Sans se détourner de la fenêtre, elle effleure du

bout des doigts une ridule sur sa tempe qui n'a pas été creusée par le temps. Nevio plisse les yeux, puis se raidit en remarquant subitement les discrètes cicatrices sur les bras de sa mère. Celles qu'il n'a jamais remarquées.

— Après les cailloux, ils se sont mis à nous lancer des objets enflammés. Dans la panique, j'ai dressé une barrière magique pour protéger mon frère et j'ai… blessé des gens.

Elle soupire lourdement, sentant leurs regards stupéfaits lui brûler le dos.

— Ils se sont enfuis et nous ont laissés coincés dans la cuisine. Les flammes dévoraient tout. J'ignore par quel miracle je suis parvenue à nous extraire de l'incendie. Je me rappelle seulement m'être évanouie dans le jardin.

Pendant quelques instants, un silence s'installe dans la pièce.

— Et grand-mère ? demande Nevio avec hésitation.

— Quand elle est rentrée, notre maison était partie en fumée. Ta grand-mère a alors décidé de tout quitter. Elle a utilisé les cendres pour concevoir le talisman.

Elle désigne le hall d'entrée d'un mouvement du menton, et les regards de Jenny et Nevio convergent vers le talisman doré, qui trône au-dessus de la porte comme une couronne de houx à Noël.

— Il renferme la peur, la douleur et la cruauté de cette tragédie. Ce sont des énergies puissantes. Nous sommes ensuite devenus des nomades et avons déménagé tous les quatre ans.

Elle pousse un soupir puis se tourne enfin vers eux, étonnamment fatiguée tout à coup.

— C'est une leçon sur le pouvoir destructeur de la peur de l'inconnu. Sur la résilience et la capacité à renaître de ses cendres. Je me suis ensuite promis de ne plus entrer en connexion avec la magie. De toute manière, tant d'années sont passées, je ne suis même pas certaine d'être capable d'y arriver à nouveau. Mais les énergies sont partout, il n'est pas nécessaire d'interagir avec elles directement ; elles savent trouver leur chemin toutes seules.

Nevio se lève pour rejoindre sa mère et lui saisit la main avec affection.

— Maman, je n'en savais rien…

L'émotion lui noue la gorge, et Anya hausse les épaules imperceptiblement, revenant peu à peu à la réalité.

— Anya, je te promets de ne jamais divulguer quoi que ce soit sur votre famille.

Un silence s'ensuit, confortable et nécessaire.

Nevio accueille ce fardeau et son héritage le cœur lourd. Il examine sa mère, qui s'efforce de reprendre un visage neutre. Il pose alors un œil neuf sur elle et se sent gonflé de fierté, car elle a refusé de s'effondrer.

— On a tiré des leçons du passé, dit-elle sur un ton déterminé. Il faut continuer sur cette voie et apprendre. Ensemble. On doit rester unis.

Puis à Nevio :

— Je veux que tu maîtrises les rudiments de la magie et que tu t'entraînes. Si cette ombre revient, tu devras être prêt. *Nous* devrons être prêts. Les mondes regorgent de créatures que nous ne comprenons pas. Il faut découvrir d'où vient celle-ci et son but.

— Alors, qu'est-ce qu'on fait maintenant ? demande timidement Jenny.

— Pour l'instant, dit-elle en se dirigeant vers le frigo, le dîner. On a eu assez de surnaturel pour la journée. Place à un peu de normalité.

Anya sort plusieurs ingrédients, un sourire aux lèvres.

— Vous croyez que c'est dans vos cordes ?

Nevio et Jenny sourient à leur tour, en hochant la tête.

Nevio s'étire, basculant sa chaise en arrière, qui se retrouve en équilibre sur deux pieds. Il bâille à s'en décrocher la mâchoire et tapote son ventre, repu. Jenny se lève de table, saisit son assiette vide pour la déposer dans l'évier.

— Merci pour le dîner, Anya. Ce bouillon au poulet était délicieux.

— C'était un travail d'équipe, répond-elle avec un clin d'œil.

En acquiesçant, Jenny se penche, saisit son sac et passe la bandoulière sur son épaule. Elle se dirige tranquillement vers la porte d'entrée.

Nevio rebascule aussitôt en avant.

— Qu'est-ce que tu fais ?

— Ben, je rentre chez moi, répond-elle.

Nevio se lève d'un bond, contourne la table, la rejoint et se campe devant elle.

— Pas question.

— Comment ça ?

Il s'empare de son sac, lui l'arrachant pratiquement de l'épaule.

— Eh, doucement !

— Tu ne quittes pas cette maison, Jen.

Jenny le fixe.

— Attends, tu ne vas pas me séquestrer ?

— Et pourquoi pas ?

Elle pouffe de rire, puis son amusement retombe quand elle remarque l'expression de son visage. Ses traits sont tirés et des cernes cerclent ses yeux. La poitrine de Nevio se soulève lourdement et une fine pellicule de sueur tapisse son front. Elle tourne son regard vers la poignée dorée qu'il agrippe de sa main gauche en lui barrant le passage.

— Eh, Nev, détends-toi. J'habite la porte à côté. J'ai fait le chemin mille fois.

Voyant qu'il ne réagit pas et que les muscles dans son bras qui lui fait barrage se tendent, un malaise s'immisce en elle. Avec prudence, elle cherche à reprendre son sac qu'il garde dans sa main droite. Nevio ne desserre pas le poing. Elle cherche à croiser son regard, mais il s'obstine à fixer le sol, la mâchoire contractée.

L'œil de Jenny bifurque vers Anya qui se lève.

— On ne peut pas enfermer Jenny à la maison.

— Tu l'as dit toi-même, maman : on doit rester unis, affirme-t-il sombre. On est en danger et on ne sait toujours pas ce que cette ombre veut et… je ne maîtrise pas encore la magie. Je ne suis pas prêt…

Entendant sa détresse, Anya marche vers lui. Elle pose une main douce, mais ferme sur son épaule pour l'obliger à la regarder.

— Si on la raccompagne en voiture, est-ce que ça te rassurerait ?

Nevio plisse le front, semblant sortir d'une sorte de transe, puis ses doigts sur la poignée métallique se détendent. Il essuie son front du revers de la main, chassant la montée de panique, et relâche un soupir. Il hoche doucement la tête.

— Alors ouvre la porte. On y va, dit-elle en lui pressant l'épaule.

Elle attrape le trousseau de clés sur le meuble et lance un coup d'œil à Jenny qui paraît déstabilisée.

Chapitre 15

Les premiers rayons taquinent l'eau de la fontaine du lycée vers laquelle se dirige Nevio, tout sourire.

— On a la forme, Nev ? dit Safira. Qu'est-ce qui te rend aussi heureux ?

— J'ai simplement bien dormi. Et ce soir, c'est soirée mère-fils. J'ai hâte.

Ils s'apprêtent à partir quand quelque chose brille autour du cou de Safira.

— Qu'est-ce que c'est ?

— Un piment, répond-elle fièrement.

Des arabesques s'enroulent délicatement autour d'un fruit en or ciselé. Un ouvrage finement travaillé qui s'illumine dès qu'il entre dans la lumière du soleil.

— Il est magnifique, Saf.

— Un trésor trouvé dans un fond de tiroir du pays natal de ma mère. Elle est rentrée ce week-end de voyage et nous a ramené un cadeau.

Elle caresse le pendentif, le faisant tourner entre ses doigts.

— Elle ignore d'où il vient. Tout le monde avait oublié ce petit bijou. En le voyant, elle a tout de suite pensé à moi.

Son sourire s'élargit en levant un regard complice vers lui.

— Apparemment, il représente bien mon tempérament de feu.

Nevio sourit à son tour.

—Je suis on ne peut plus d'accord.

Safira se penche à l'oreille de Nevio alors qu'ils rejoignent les autres.

— Au fait, Maxime t'a mentionné auprès de Thibault. Il a dit que vous avez séché les cours, toi et Jenny ?

Le cœur de Nevio fait un bond dans sa poitrine.

— Sérieux ? lâche-t-il ahuri.

Elle confirme d'un signe de tête.

— C'était bien la fois où vous vous êtes éternisés aux toilettes, non ?

— Ouais, on l'a croisé dans le couloir.

Sentant le regard de Safira peser sur lui, il se dépêche d'ajouter :

— Tu peux arrêter de me regarder comme si j'avais fait des trucs avec Jenny ? J'étais juste malade. Ce sandwich au thon mayonnaise m'avait carrément retourné le bide.

— Eh ben, remercie ton sandwich, parce que grâce à lui le beau gosse t'a remarqué. À mon avis, il a des vues sur toi.

Ils finissent par repérer Lara et Jenny installées sur les marches.

— Je constate qu'aucun de vous ne m'a apporté de café… Je commence à croire que je me suis plantée de groupe, taquine Lara.

— Quelle idée d'habiter du côté Est de la ville ! La prochaine fois, lève-toi plus tôt et fais le détour pour nous rejoindre, réplique Safira avec un sourire.

— Sans façon, madame. Je vais me contenter de te piquer une gorgée.

Lara se saisit alors du gobelet de Safira, qui fait mine de s'offusquer.

— Très intéressant votre débat café, les filles… mais si on parlait plutôt de samedi soir ? s'immisce Jenny.

Nevio croise le regard de Jenny et arque un sourcil interrogateur. De quoi parle-t-elle ? Avec toute cette agitation, il n'a pas pu suivre le calendrier des événements du lycée.

— La soirée d'intégration, précise Jenny. Ce sera près de chez toi, Nev. Dans la forêt, le long de la rivière. On y va ensemble ?

Safira me décoche un regard malicieux.

— À mon avis, notre Nevio risque d'avoir un rencard.

Il avale son café de travers et étouffe un rire.

— S'il y a du flirt dans l'air, ça sera pour Jen et Thibault, se défend-il sur un ton dégagé. Mais si tu ne veux pas de moi comme cavalier, dis-le tout de suite, Saf, ça ira plus vite.

— Tu devrais ramer plus fort pour faire diversion, s'esclaffe-t-elle.

— Un rendez-vous à trois, ça vous tente ? leur propose Lara. J'ai bien compris que Jenny et Thibault, c'était du tout cuit. Et comme je n'ai pas de proie en vue, autant me taper l'incruste dans votre duo pour ma première soirée.

Le brouhaha emplit les couloirs où une cohue de lycéens se presse. Les casiers métalliques résonnent, les pas frappent et grincent sur le sol en cadence. Tous les quatre se lèvent pour se rendre en salle de cours.

Nevio entre dans la salle de cours et s'installe près de la fenêtre. Il rive son regard vers la pelouse, un sourire au visage, et ses pensées caracolent vers la soirée qui les attend. Enfin, vers Maxime surtout.

Il relève brusquement le nez en sentant la tape dans son dos.

— Jenny m'a parlé de ce week-end.

— Qu'est-ce que tu fiches ici ? dit Nevio, surpris. T'as pas cours, mec ?

— J'ai fini avant vous.

Thibault arbore le même sourire en coin qui le caractérise.

— Je vais voir si Maxime veut se joindre à nous samedi. Histoire de te donner un coup de pouce.

Un coup de pouce ? Il plaisante, j'espère ?

— Et si tu commençais par te donner un coup de pouce à toi-même ? réplique Nevio en désignant la chaise devant lui sur laquelle est assise Jenny. Parce que je veux bien entendre que je suis lent au démarrage, par contre, toi, il est grand temps que tu passes la seconde.

— Aïe.

Thibault lève les mains en signe de reddition.

— Message reçu, mec. Je vais m'occuper de mes affaires, dit-il avant d'arquer un sourcil. Mais on est d'accord : j'invite quand même Maxime ?

Nevio arque un sourcil devant son sourire narquois.

— Ah, et j'ai invité un autre mec de ma classe, ajoute Thibault. Il est cool, vous verrez.

Au moment de partir, Thibault se ravise, se plantant devant Jenny. Elle relève la tête. Il se penche et pose les mains à plat sur la table, laissant son parfum l'embaumer.

— J'espère que tu me réserveras une danse, Jen.

Elle laisse passer quelques secondes, esquisse un sourire.

— Une seule seulement ?

Une lueur s'allume dans les pupilles noisette de Thibault.

— Une danse avec moi, ça ne s'oublie pas.

Le teint de Jenny rosit, tandis qu'il la regarde fixement et s'incline plus près, glissant à voix basse :

— J'ai bien l'intention de voir où la nuit nous mène.

Le professeur fait irruption dans la salle.

— Bonjour à tous, excusez-moi du retard !

Sans la quitter du regard, Thibault se redresse lentement, puis s'éloigne vers la porte. Des regards intrigués traquent sa démarche nonchalante. Un rouge discret colore les joues de Jenny. Nevio se penche en avant.

— Et dire qu'on doit manger dans une heure. Je crois que vous m'avez coupé l'appétit.

— Oh, la ferme ! siffle-t-elle. Pour une fois qu'il prend les devants.

Nevio se rassit dans sa chaise en souriant et regarde le professeur qui parle. Ses lèvres bougent, mais les méninges de Nevio n'arrivent pas à enregistrer les sons qui s'en échappent. Clairement, il a la tête ailleurs. L'impatience de sa première leçon de magie paralyse sa concentration. Ses pouvoirs naissants vont marquer un tournant dans sa vie. Un tournant radical et terrifiant. Puis son cœur se serre. Il saisit son stylo et le fait tourner entre ses doigts pour chasser le malaise ; l'histoire de sa mère le rappelle brutalement à la réalité. La magie comporte des conséquences réelles et lourdes pour qui la pratique, et ceux qui entourent le praticien.

Et si je me plantais ? Et si je blessais quelqu'un ?

Chapitre 16

Hanté par ces questions, Nevio passe le reste de la journée, l'esprit tourné en lui-même. Il a écrit sans voir ; répondu sans écouter ; changé de salles tel un robot débranché.

Quand il arrive au portillon en bois de sa maison, la douleur au creux de son ventre semble se dénouer un peu. Il traverse le jardin en laissant traîner son regard sur le kaléidoscope de couleurs qui jonche le sol. Le parfum qui monte des parterres de fleurs apaise ses sens et l'enveloppe dans une bulle rassurante. Le soir jette un rayon délicat sur l'herbe grasse qui amortit ses pas. Il ignore si c'est la magie ou tout simplement le talent de sa mère, mais, au fil des années, elle est parvenue à créer une atmosphère à la fois apaisante et vibrante dans leur jardin.

Après avoir monté les marches du porche, il pousse la porte, retire ses chaussures sur le seuil et lance à la cantonade :

— Maman, je suis rentré ! Par quoi on commence ?

Il range ses baskets sur l'étagère en bois à côté de la porte.

— J'espère qu'on ne va pas préparer des infusions. J'ai eu ma dose de théorie avec le lycée, j'ai besoin de me dégourdir l'esprit avec un peu de pratique.

Anya émerge du salon.

— Ce soir, on va apprendre à canaliser l'énergie. Il faut commencer par le début. Si tout va bien, on passe à la pratique, je te le…

Sans la laisser finir, Nevio file devant elle, abandonnant son sac à l'entrée du salon, et fonce se vautrer sur le pouf. Il lève les yeux vers sa mère qui le regarde.

— On est fatigué à ce que je vois ?

— Non, je t'écoute. Vu que j'ai encore droit à de la théorie aujourd'hui, je me mets à l'aise.

— Lève-toi, gros bêta. On va dans le jardin. C'est là-bas que tu vas apprendre à te connecter à l'essence des énergies.

— L'essence des énergies ? répète-t-il.

Elle hoche la tête.

— Au-delà des sortilèges que tu maîtriseras vite, tu dois être capable de percevoir le pouls de tout, de capter la résonance de ce qui t'entoure.

Il se relève et retourne à l'entrée pour enfiler ses chaussures. Quand il se redresse, Anya l'attend déjà au milieu des plantes odorantes. Il la rejoint d'un pas guilleret.

— Ferme les yeux.

Il obtempère.

— Laisse tomber ton besoin de tout contrôler, tu n'en auras pas besoin, dit-elle d'une voix douce. L'énergie ne se domine pas. Il faut savoir l'accueillir pour circuler à travers elle. Invite-la.

Il gonfle ses poumons d'air, retient son souffle, expire longuement jusqu'à en avoir le tournis. Une sensation qui n'est pas désagréable, mais qui lorsqu'elle s'atténue, laisse place à un vide au sein duquel un battement, qui n'est pas celui de son cœur, se fait entendre. L'étonnement le saisit. Il s'apprête à rouvrir les yeux.

— Ne te déconcentre pas, Nev. Ressens.

Avec une nouvelle inspiration, il plonge plus profondément en lui-même et discerne plus nettement la pulsation qui se manifeste sous ses pieds.

— La terre…, lâche-t-il, ébahi. C'est comme si elle respirait.

— Exactement, approuve Anya. Accroche-toi à son battement et cherche la lumière en toi.

Nevio cale sa respiration sur celle du sol, laisse retomber son esprit dans les effluves du jardin. Tout à coup, une chaleur se manifeste dans un coin de sa poitrine. Nevio la reconnaît. La boule lumineuse. Celle qui s'est présentée à plusieurs reprises et l'a sauvé de l'ombre lors de sa dernière apparition.

Content de te revoir, ma grande.

Tout à coup, une vague de puissance le traverse. Une force brute et exaltante qui l'enveloppe tout entier. Les frontières entre lui et le monde se brouillent. Son être paraît s'étirer au-delà de son enveloppe charnelle pour se fondre dans un entonnoir métaphysique plus vaste, plus ancien.

Il ressent tout. Chaque vibration suspendue dans l'air. Chaque bruissement des arbres. Chaque expiration de la terre. Pour la première fois, Nevio n'est plus spectateur ; il fait partie d'un tout.

En rouvrant les yeux, tout lui apparaît sous une lumière cristalline. Son environnement lui présente une vie à laquelle il était aveugle. Tout respire.

Il se tourne vers sa mère, ébloui.

— Maman… J'ai l'impression d'être partout à la fois.

Elle sourit.

— Prêt pour la prochaine étape ?

Il opine avec conviction.

— Lève tes mains et ouvre-les pour inviter les énergies.

Il s'exécute.

— Sans les commander, précise-t-elle. Laisse-les venir et te guider.

En inspirant, il tend la main droite, puis l'autre. Aussitôt, il y a un mouvement. Une réponse. Des filaments dorés, aussi robustes que des cordes de guitare, se mettent à s'étirer et à danser au bout de ses doigts, mêlant ombre et lumière.

Le cœur de Nevio s'emballe.

Bon sang, je n'ai jamais rien ressenti de pareil.

C'est brut, pur et puissant.

Pour la première fois dans la famille, ce n'est pas la magie qui est venue à lui, mais lui qui est venu à elle. Nevio est le premier homme à hériter du don familial. À plonger dans un monde, qui n'est destiné qu'aux femmes de leur arbre généalogique. En cet instant, il effleure la magie, l'appelle et l'accepte.

Anya l'observe avec fascination, gonflée de fierté et consciente d'assister à la naissance d'un évènement unique.

— Exactement, Nevio… Souviens-toi, tu ne diriges pas ; tu accompagnes, et elle t'accompagne en retour. L'énergie ne t'appartient pas, elle choisit de te répondre.

Il se concentre pour renforcer la connexion et visualiser ses mains, qui créent un pont entre lui et un courant invisible et indomptable. Une chaleur familière l'envahit tandis qu'il puise dans le fleuve magique.

Ses pupilles commencent à se dilater. Il sent l'air tourbillonner, et l'invisible prendre corps dans le silence.

— Façonne-la, doucement.

Il utilise son souffle régulier pour s'ancrer dans la réalité et canaliser son énergie. Peu à peu, des particules s'illuminent, se révélant à lui sous forme de lucioles quasi microscopiques flottant dans l'espace. Un frisson lui parcourt l'échine, et le monde s'efface autour de lui. Les particules luminescentes décident de lui obéir. Elles se regroupent, s'imbriquent, forment un orbe lumineux dans ses mains.

— Voilà, Nevio. C'est *ça*, la connexion.

Puis un jeune bouleau se met à bruisser. L'écorce semble onduler.

On dirait que l'arbre respire aussi.

Anya va s'accroupir au pied de l'arbre et pose une main sur son tronc, le regard fixé sur son fils.

— C'est ce que je voulais te montrer, commence-t-elle. Notre don n'est là ni pour forcer ni pour briser. Il nous sert à comprendre et accompagner. C'est une harmonie. Pas une domination.

Elle renverse la tête et contemple la nuit, qui déroule son voile sur Pontebellusin.

— Avant que la vie n'existe, il y avait l'énergie primordiale. C'est elle qui a tout façonné. Tu te souviens des histoires de notre famille que je racontais à toi et à Chiara ?

Il confirme, émerveillé.

— Puise en elles. Regarde ce qu'elles ont laissé derrière elles. Les leçons, les émotions… Et modèle tes intentions. Il y en a eu d'autres avant toi. Avant moi. Il y a toujours un moment dans l'histoire où nous avons dû nous protéger.

Elle retourne son attention sur lui, décidée.

— Aujourd'hui c'est à toi d'apprendre, déclare-t-elle avec force. Si cette ombre revient, tu dois te défendre, Nevio. Sans que personne le remarque.

Elle tâtonne discrètement le sol, saisit un caillou qu'elle fait rouler entre ses doigts.

— Les énergies veillent sur nous, et nous devons veiller sur elles, continue-t-elle. Car derrière la lumière, les ténèbres guettent. Toujours.

Tout à coup, elle lui lance le caillou en pleine tête. Dans un mouvement instinctif, Nevio lève les bras devant son visage. La pierre ricoche contre une barrière invisible, finissant sa course dans un buisson. Il suffoque, stupéfait, et tourne la tête à temps pour voir une autre pierre voler dans les airs, droit sur lui. Son cœur bondit dans sa poitrine, et l'énergie remonte en lui alors qu'il lève la main.

La pierre se fige en plein vol, à quelques centimètres de sa paume.

— Waouh, t'as vu ça, maman ?

Anya le fixe.

— Tu as figé le caillou. C'est du contrôle, Nevio.

Derrière son calme apparent, une tension se loge dans l'intonation d'Anya.

— Essaie de simplement la rediriger comme la

première fois. Le contrôle n'est pas la leçon du jour. Il faut *réorienter*. C'est fluide et naturel. Figer, c'est… autre chose. Ça demande plus.

Nevio la regarde sans comprendre.

— Chaque acte a un prix, Nev. Plus ton sort est puissant, plus le contrecoup sera fort.

Elle lui envoie une autre pierre. Un frisson d'excitation parcourt Nevio, et il lève aussitôt la main. La pierre dévie avant de s'enfoncer dans la terre.

— J'ai capté le truc. On peut passer au niveau supérieur ? la presse-t-il.

Anya l'étudie attentivement.

— Tu ressens ça, Nevio ? Tu as l'impression que tu es capable de tout ? D'aller encore plus loin ? C'est précisément cette sensation de toute-puissance qui peut te mettre en danger.

Nevio se raidit intérieurement.

— Ça a le même effet que certaines drogues, dit-elle d'un air sérieux. Tu penses être inépuisable, puis la réalité te rattrape et tu n'as plus qu'à ramasser les morceaux.

Elle se baisse pour ramasser un bâton au milieu de l'herbe et déclare :

— Changeons de cible. Les courants les plus puissants sont les sentiments. Ils façonnent l'énergie, la nourrissent, mais peuvent aussi la briser. *Te* briser. Maintenant, attire ce bâton à toi.

Nevio inspire un grand coup, lève la main.

Rien.

Il ferme les yeux, réessaie, s'efforçant de canaliser son énergie comme il l'a fait jusque-là. Le bout de bois s'obstine à demeurer inerte.

— Pourquoi ça ne marche pas ?

Il vient de détourner la trajectoire de pierres ; il en a figé une. Il passe une main dans ses cheveux.

— Il a autant envie de venir à moi que j'ai envie de me lever le matin, marmonne-t-il.

— Ne laisse pas l'échec prendre le dessus.

Il reconnaît instantanément ce ton. C'est celui qu'elle employait quand il était petit et qu'il perdait patience devant une difficulté. À nouveau, il ferme les paupières et tend l'oreille. Le vent glisse dans les feuilles, et l'énergie entre ses doigts. Il doit seulement se mettre au diapason de l'Univers. Prenant une grande inspiration, il rouvre les yeux et tend la main vers le bâton.

Le bout de bois frémit. Lentement, il glisse vers sa

paume, conduit par un fil invisible. Anya note la fatigue qui s'insinue sur les traits de son fils. Soudain, Nevio s'écroule contre le bouleau, éreinté. Pendant quelques secondes, il reste une main sur la poitrine, s'appliquant à reprendre son souffle.

— Si tu trouves le bon équilibre, ça ira. Mais ne t'étonne pas si tu ressens le contrecoup, Nev.

Il épingle son regard sur l'herbe éclairée par les rayons lunaires.

— Tu sais, quand cette ombre m'a attaqué…, dit-il, le front plissé. J'ai ressenti quelque chose. C'était plus fort que ce soir.

— Tu parles d'une énergie ?

Il hoche la tête.

— Quand Jen est apparue dans le couloir. J'ai cru que ce monstre allait s'en prendre à elle. Et j'ai senti une force, comme une vague de froid. C'était différent de la chaleur de la boule lumineuse. C'est comme si c'était déjà… en moi.

— La force dont tu parles, c'est la peur. Tu as toujours été anxieux.

Un pli soucieux se forme sur le front blond d'Anya.

— Ça suffit pour ce soir.

— Non.

Surprise par la dureté de son ton, elle scrute son visage, les ombres sous ses yeux. Il arbore une mine furieusement déterminée. Elle pousse un soupir, se relève en s'appuyant au jeune bouleau.

— Pas plus de dix minutes, concède-t-elle. Tu n'auras pas tes réponses ce soir. Je veux qu'on avance prudemment. La force que tu as ressentie, celle que tu décris comme quelque chose de froid, tu dois la comprendre sans te faire aspirer, tu comprends ?

Il hoche la tête lentement.

— Ferme les yeux.

À peine obéit-il, les souvenirs frappent sa mémoire comme une enclume. L'air devient plus dense dans le jardin.

Le Deity Lab. Le couloir du lycée. Les yeux rouges de l'ombre. Le froid.

Il ouvre subitement les yeux.

Jenny.

Une onde éructe de lui et s'échoue sur l'herbe.

— Nevio, tu dois contenir ces émotions. Pas les subir.

Mon cauchemar. La météorite. Le froid. Pourquoi fait-il si froid ?

Il se cambre sous la violence de l'énergie qui le pénètre. Le sol se met à trembler sous ses pieds. Un frisson secoue l'espace, dévoilant la puissance qui s'éveille en Nevio. Une vague sombre et insondable s'enroule autour de ses veines, serpente sous sa peau, irradie ses paumes, roule sous son visage. Puis ses yeux noircissent jusqu'à effacer le contour de ses pupilles.

— Nevio ?

L'air se charge d'une tension écrasante. Les ombres ondulent et s'animent autour de lui, comme dans une tempête magnétique. Nevio reste perdu entre effroi et tentation. Un pouvoir froid lui chuchote des promesses dans un langage que seule son âme peut comprendre.

— C'est… c'est incroyable, souffle-t-il. Cette sensation…

— Nevio, concentre-toi sur ma voix.

Le regard dur, Anya fait un pas en avant.

— Ce pouvoir ne t'appartient pas. N'interagis pas avec. Tu ne peux pas y plonger et en ressortir indemne. Ne le laisse pas t'aspirer.

Elle fixe d'un œil rond les ondulations, qui se pressent sous l'épiderme de son fils. Incapable de repousser cette force, Nevio se laisse progressivement enivrer et couper de son enveloppe charnelle. En cet instant précis, il ne sait plus ce qu'il désire.

— Nevio !

La fermeté de son ton fait sauter un verrou en lui. L'énergie afflue, sans qu'il cherche à résister ou à la dominer. Les ombres cessent de rugir, et dansent devant l'acceptation de Nevio. Une cascade d'ombres se met à ruisseler de ses yeux, des larmes noires s'en allant retrouver la nuit, et une onde invisible s'étire du bout de ses doigts pour recouvrir le jardin. Tout se dissipe, et le calme revient. La lune semble l'unique témoin du phénomène.

La respiration de Nevio est saccadée. Son corps est épuisé contrairement à son esprit en éveil. Il lève alors le visage vers sa mère.

— L'attaque. Ça a réveillé quelque chose en moi, révèle-t-il d'une voix qui ne lui ressemble pas. On dirait une soif. Une attraction.

Elle affiche une mine grave.

— Tu as interagi avec des énergies sombres, Nevio. J'ignore comment c'est possible, mais elles ne font pas partie de notre héritage. Tu ne dois pas les laisser te séduire. Elles drainent plus qu'elles n'apportent et ont conduit de nombreux praticiens à leur perte.

Il secoue ses mains pour se débarrasser du délicieux picotement, qui parcourt encore ses paumes. Ses yeux fouillent le jardin en évitant soigneusement de se poser sur Anya. Avec une profonde inspiration, il rejette la tête en arrière pour s'absorber dans la blancheur de la lune, qui les accompagne en cette première leçon. Le vent siffle entre les feuillages et chahute les volets de la maison. Nevio comprend que le pouvoir n'est pas la force brute, mais un équilibre entre contrôle et abandon. C'est un jeu de lumières et d'ombres. Il faudra apprendre à déambuler sur le fil du rasoir énergétique, s'il ne veut pas sombrer dans l'abysse.

Enfin, il abandonne la contemplation de l'astre nocturne pour affronter le regard de sa mère.

— Ne reprends plus ce chemin, Nevio. Plus jamais.

Chapitre 17

On dirait qu'une bombe a explosé dans la chambre de Nevio. Un vrai foutoir. Des pantalons et des jeans gisent sur le parquet ; des chaussettes orphelines sont suspendues sur le dossier de la chaise, d'autres sur la veilleuse ; les tee-shirts dorment en pagaille sur le lit. Et la musique martèle les murs.

Nevio se tient torse nu devant le miroir, les sourcils froncés.

— Lara, à l'aide !

Assise en tailleur sur le lit, elle relève subitement la tête du miroir de sa palette de maquillage automnale, un doigt étirant sa paupière fermée tandis que l'autre, teinté de fard bleu, reste suspendu dans l'air.

— Tee-shirt noir ou chemise blanche ? demande-t-il, l'air grave.

Il passe les deux hauts devant lui. Elle le considère avec le plus grand sérieux.

— Tee-shirt noir, délibère-t-elle.

Il zyeute le tee-shirt noir, dubitatif.

— Sérieux ?

— Tu vas en soirée, Nevio. Pas à une communion.

Il lève un sourcil, observe la chemise blanche et grimace, avant de la balancer sur une chaise comme si elle venait de le mordre.

Le carillon au rez-de-chaussée se fait entendre par-dessus l'enceinte. Quelques secondes plus tard, Safira et Jenny déboulent dans la chambre.

— Nevio, qu'est-ce que tu fais encore torse nu ?

— Ne t'inquiète pas, Saf. Problème résolu, répond Lara.

Il finit de s'habiller en vitesse en grommelant.

— Désolé de ne pas vouloir avoir l'air ringard à notre première soirée étudiante !

— Allez, magnez-vous ! Thibault et son pote nous attendent au stade.

Lara se met à rire en refermant sa trousse de maquillage.

— On a compris, Jenny. *Tonight is your night…*

Elle hausse les sourcils de façon suggestive, et Jenny détourne le regard avec un rire nerveux.

— C'est plutôt pour le nouveau ; ça craint d'arriver à la bourre, se justifie-t-elle.

— Ah non, ne commence pas à botter en touche ! s'agace Safira. Toi et Thibault, vous allez officialiser ce soir, sinon tu lâches l'affaire une bonne fois pour toutes.

Jenny incline la tête et plante ses mains dans ses hanches.

— Dis donc, les fouinasses, pourquoi vous ne chercheriez pas un rencard au lieu de vous occuper du mien ?

— Mais *je* suis leur rencard, dit Nevio avec un large sourire et fin prêt. On y va ? Jenny a raison, ça craint d'arriver à la bourre pour le nouveau.

Une fois au stade, l'attention du groupe se rive immédiatement sur le type à côté de Thibault. La brise du soir fait danser les boucles châtain clair, qui tombent sur son front hâlé de l'inconnu à la carrure de sportif. Son visage est harmonieux, et sa barbe finement taillée intensifie la douceur de son regard.

— Les gars, je vous présente Julian, lance Thibault. Il est arrivé dans ma classe quelques jours après la rentrée. Soyez sympa avec lui.

— J'y compte bien, minaude Lara.

Elle plonge dans les pupilles dorées du nouveau, qui soutient son regard.

— Tu ne m'en veux pas si je mets fin à notre ménage à trois ? glisse-t-elle à Nevio.

Tee-shirt noir, chemise à carreaux et veste de biker. Julian a beau paraître discret, il est impossible de ne pas le remarquer. Il ne cherche pas à se donner un genre. Nevio comprend parfaitement pourquoi Lara délaisse leur trio.

Pendant qu'ils se mettent en route vers la rivière, Thibault et Jenny se détachent du groupe, marchant devant pour s'entretenir en privé. Safira note le bras qu'il passe autour des épaules de son amie et lance :

— Je vous parie dix balles qu'on ne les revoit plus de la soirée.

— Petite joueuse, comme d'habitude, balance Nevio goguenard. Vingt balles.

Julian se tourne vers eux et les questionne du regard.

— Ce qu'on peut être malpolis ! s'exclame Safira. Je te fais un topo, Julian : la saga Jen-Thibault dure depuis des années…

— Des siècles, renchérit Nevio.

Julian secoue la tête en riant.

— Je ne l'aurais jamais deviné, dit-il. Thibault m'a dit d'entrée de jeu qu'elle lui plaisait et qu'il ne comptait pas la laisser filer. « Chasse gardée », a-t-il dit !

— Pas étonnant, renâcle-t-il. Dès qu'un mec s'intéressait à elle, il s'est toujours arrangé pour faire le ménage autour d'elle.

— Et j'imagine qu'elle en fait de même ? sourit Julian.

Nevio secoue la tête.

— Jenny encaisse en silence.

— Alors espérons qu'ils arrêtent de se compliquer la vie ce soir, répond tranquillement Julian. Mais où ils sont passés ? s'étonne-t-il en balayant le chemin du regard.

Safira lève les yeux au ciel.

— Qu'est-ce que je vous disais ?

Lara se faufile entre lui et Nevio, un sourire enjôleur sur sa bouche brillante de gloss.

— Personnellement, je ne suis pas du genre à attendre des plombes pour me lancer. Je suis nouvelle moi aussi, alors pas de « chasse gardée » en ce qui me concerne.

Elle lui décoche un clin d'œil.

À mon avis, ce n'est pas la technique tape-à-l'œil qui fonctionne avec celui-là.

Julian l'observe quelques instants en inclinant la tête.

— Un tango entre nouveaux, ça te dit, Julian ? enchaîne-t-elle sans se démonter.

Nevio la regarde avec des yeux ronds.

La vache, elle n'a pas froid aux yeux.

Julian s'arrête et la dévisage. Lara s'obstine à braquer sur lui un regard vorace, indifférente à la tension dans l'air. Une expression traverse fugacement les traits de Julian, qui met fin au silence.

— Montre-moi le chemin. Je te suis.

Nevio les regarde s'en aller, bouche bée. Safira le rejoint, tout aussi estomaquée.

— J'ai vraiment cru qu'elle allait se manger le vent du siècle.

— À qui le dis-tu ? répond-il.

Le couple de nouveaux avance en direction de la soirée, puis Lara se retourne et leur hèle :

— Eh, les gars : chasse gardée !

Elle leur lance un clin d'œil avant de pivoter et de s'accrocher au bras de son cavalier.

— On devrait tous en prendre de la graine, finit par dire Safira.

— Dis ça au couple de galériens plus loin.

Elle éclate de rire, puis reprend :

— Avec un peu de chance, le culot de Lara sera contagieux.

Le bois noir se dresse devant eux, ondulant sous le vent et les éclats de rire des lycéens. La musique absorbe le glouglou de la rivière, où miroitent des guirlandes lumineuses enroulées dans les branchages. De joyeuses files se forment devant les stands de boissons alignés près du pont pour faire le plein de soda, de bière – ou de cocktails plus audacieux.

Les yeux rivés sur la forêt dansante, Nevio passe à son tour un bras sur l'épaule de Safira, un sourire aux lèvres.

— Comme toujours, c'est toi et moi. Pas vrai, Saf ?

Celle-ci s'écarte vivement.

— Oh ! Mais ne pense pas qu'il sera si facile de me séduire, Nevio Scara, répond-elle faussement indignée.

Lorsque les premières notes d'une musique électro explosent dans les enceintes, c'est plus fort que lui. Nevio s'empare de la main de Safira et la tire sans lui laisser le choix.

Une fois sur la piste de danse, il la fait tournoyer, la faisant rire aux éclats, puis se laisse emporter par le beat.

Il ferme les yeux et cède les rênes à son corps, qui épouse le rythme de la musique. Absorbé par l'instant, il se fend d'un sourire en ressentant la parenthèse sensorielle qui s'ouvre. Sa peau fourmille. L'hormone du bonheur l'électrise, et une joie qu'il n'a pas ressentie depuis longtemps se diffuse dans ses veines.

Enfin, un peu de répit.

Il pivote sur lui-même, puis se fige quand il heurte quelqu'un.

La parenthèse se referme, et il déglutit.

Maxime.

Chapitre 18

Les couleurs des guirlandes jouent sur ses traits ciselés, voilant par intermittence son regard oblique.

— Il me semblait bien t'avoir reconnu, glisse Maxime d'une voix ronde.

Safira zyeute son ami et devine alors la tournure que prendra la soirée. Elle lui donne un coup de coude et se penche vers Nevio, une main posée en demi-cône sur sa bouche :

— Traître.

Puis elle s'éclipse en direction des stands de boissons.

— Tu n'es venu qu'avec Safira ?

— La bande habituelle, répond Nevio, désinvolte. Et toi ?

Maxime hausse les épaules avec désinvolture.

— En solo. Thibault m'a dit qu'il viendrait avec le nouveau. Mais je ne les ai pas encore croisés.

Il parcourt la foule du regard. Nevio regarde avec insistance son visage doré où clignotent les lumières, lui donnant presque un air irréel. Les papillons dans son ventre s'agitent, alors qu'il subit la force de l'attraction. Doucement, la fête s'évanouit et un dôme d'électricité statique s'érige autour d'eux. Un demi-sourire assombrit le visage de Maxime. Nevio est comme pétrifié. Démuni sous le poids de l'apesanteur. Son esprit se fracasse dans un vertige qui n'en finit pas.

— Tenez, je me suis dit qu'un verre ne ferait pas de mal, revient Safira.

Ils acceptent les gobelets rouges qu'elle leur tend. Puis Nevio s'empresse d'avaler un peu de courage liquide sous l'œil attentif de Maxime, qui se tourne finalement vers Safira.

— Vous êtes là depuis longtemps ?

— On vient d'arriver, dit-elle.

Elle salue quelqu'un derrière lui.

— Désolée de vous planter à nouveau, les mecs, mais ma sœur vient d'arriver !

À nouveau, la voilà partie.

Nevio prend une autre gorgée de son verre.

— On va danser ? propose Maxime.

Une grimace naît sur le visage de Nevio.

— Je ne suis pas franchement doué en dehors de ma chambre.

Le bleu des yeux de Maxime s'enflamme.

— Tu n'as pas assez bu, c'est ça ?

Nevio s'ébroue, manquant d'avaler de travers. Soudain, Maxime est penché à son oreille :

— Allez, Nev. Ce sera juste toi et moi.

Les neurones de Nevio grillent sur l'instant. Un frisson remonte le long de sa colonne vertébrale. La gorge soudain sèche, il passe sa langue sur ses lèvres, et Maxime épingle le regard sur sa bouche avec une lueur qui noue le ventre de Nevio.

— Il y a un truc chez toi, dit Maxime avec un sourire en coin. On a envie de savoir ce qui se cache sous la surface.

Maxime commence alors à s'enfoncer dans la marée humaine, qui a disparu du champ de vision de

Nevio. Le besoin de répondre à l'invitation est trop fort, et il se surprend à le suivre malgré lui. Reprenant une gorgée de son verre, il réplique :

— T'es pas mal non plus dans le genre mystérieux.

Maxime lève les épaules.

— Je suis un livre ouvert pourtant.

— Dis plutôt, impossible à refermer, répond Nevio avec audace.

Il inspecte l'expression de Maxime, qui porte son verre à ses lèvres en le fixant avec la même intensité.

— Et tu aimes la lecture ?

Nevio hoche la tête. D'un coup de langue subtil, Maxime récupère la goutte qui perle au coin de sa bouche.

— Alors qu'est-ce que t'attends pour me feuilleter ? réplique-t-il suavement.

Nevio déglutit. Sa main amène son verre à ses lèvres dans un geste automatique de défense. Mais Maxime l'arrête. Son pouls s'emballe, capturé dans le regard pénétrant de Maxime. Ses méninges déraillent chaque fois qu'il tente de les mettre en marche. Puis son cœur a un loupé, quand Maxime glisse une main dans ses reins, décomplexé. Il l'attire à lui, réduisant la distance entre eux. Puis ils se mettent à danser. Maxime se synchronise à la musique avec un naturel désarmant. Il bouge comme s'il était seul sur la piste. Seul avec lui. Nevio danse, le regard épinglé sur lui, captivé. La musique résonne quelque part dans sa cage thoracique, derrière les battements effrénés de son cœur. Il cherche à lutter contre l'attraction. Maxime se rapproche, glisse à son hélix :

— Laisse-toi aller, putain.

Et ces simples mots suffisent à l'embraser. Possédé par la musique et l'adrénaline, Nevio cesse de distinguer les silhouettes qui les encadrent. Un vertige lui monte à la tête, et son cœur tape, au bord d'une tachycardie exquise. Il n'a d'yeux que pour ces plaines céruléennes qui le consument, alors qu'il ondule comme une vague de chaleur. En cet instant, Nevio ressemble à un cobra hypnotisé par un charmeur. Et il n'a aucune intention de se délivrer de son emprise de sitôt.

Chapitre 19

Plusieurs chansons plus tard, Nevio et Maxime retournent auprès de Safira qui stagne près des stands de boissons, la mine boudeuse.

— Alors le traître, tu m'accompagnes au petit coin ? demande-t-elle à Nevio avant de se tourner vers Maxime. Tu ne m'en veux pas, j'espère ?

— Il est tout à toi, fait-il en levant les mains. J'espère ne pas trop te l'avoir épuisé.

Il lui adresse un sourire malicieux qui fait frémir Nevio. L'instant d'après, Safira crochète son bras à celui de Nevio, leur fait faire demi-tour et l'emmène loin du brouhaha. La voûte étoilée se couche docilement dans la rivière et les voix ricochent sur les façades des maisons qui bordent la grève. Les feuilles brunes perdues au milieu de la mousse craquent sous leurs pas à mesure qu'ils s'éloignent de la fête.

Safira le regarde du coin de l'œil.

— C'était intense entre vous deux dis donc.

Il laisse échapper un rire nerveux.

— Ouais, c'était cool.

Elle s'arrête net.

— Pardon ? Attends, si ça c'était « cool », je suis le Pape.

Nevio s'éloigne gentiment d'elle, se rapproche de la berge, les mains dans les poches, et avoue :

— O.K. Il y a peut-être une étincelle. Mais pas de quoi faire un feu de joie.

Il marque une pause, rivé sur un caillou qu'il fait rouler du bout de sa basket.

— Et si ça ce trouve, il aura tout oublié demain.

Coup classique.

Il pousse un soupir qui se perd dans le manteau de la nuit.

— Ou pas, le contredit-elle. Pourquoi tu te laisses abattre avant que la partie n'ait commencé ?

J'en sais rien, Saf.

Abandonnant son caillou, il se tourne vers Safira qui se frictionne les bras. Les ombres s'étirent des troncs noueux. Nevio se crispe contre le vent froid, qui s'infiltre sous son tee-shirt. L'air lui mord les poumons, rendant chaque inspiration plus difficile. Quelque chose bascule dans l'atmosphère. La fête semble plus lointaine. Il lance un regard à la ronde, puis s'étrangle. Deux points rouges étincèlent plus loin dans le bosquet. Il pâlit.

— Nev ?

— Mon garçon, grogne Umbra, ignorant Safira. Ne t'a-t-on pas appris qu'il était dangereux de se promener dans les bois au milieu des ombres ?

Le sol vibre. Tout à coup, Umbra plonge dans les feuilles mortes, créant un tourbillon. Il remonte jusqu'à Nevio, vif comme l'éclair, et frappe, envoyant valser Nevio dans les racines de la forêt.

— Je sens ta peur, mon garçon, murmure Umbra avec malveillance. Je peux y mettre un terme.

Nevio serre les dents. Comme à l'entraînement, son corps capte les énergies autour de lui ; elles l'appellent. Il lève une main, et l'air grésille. Umbra se rue sur lui, et des particules invisibles se regroupent devant Nevio, bloquant son coup qui résonne comme du verre brisé.

Une fissure lézarde le bouclier énergétique de

Nevio. Umbra se dissipe, traverse la barrière, et se matérialise derrière lui. L'instant d'après, Nevio fait un vol plané et s'éclate contre un arbre avec un craquement sinistre. Une douleur irradie dans son tibia en retombant sur une pierre saillante.

— Nevio, c'est quoi ce truc ? s'écrie-t-elle terrifiée.

Nevio est incapable de répondre, il n'arrive même pas à se relever.

— Eh, toi, la chose, ! aboie-t-elle en se baissant. Laisse-le !

Sans hésiter une seconde, elle ramasse une pierre et la lance de toutes ses forces sur Umbra. Le projectile traverse la créature, qui fait volte-face en rugissant.

— Vile créature, crache-t-il. Comment oses-tu t'en prendre à Umbra ?

Encore vautré, Nevio essaie de tendre la main. Il se mord la lèvre, étouffant la douleur que lui provoque la montée d'énergie dans son bras. Un faisceau lumineux percute Umbra de plein fouet, qui se dissout dans un râle de douleur.

Nevio se redresse, trottine en claudiquant vers Safira, lui prend la main.

— Cours ! crie-t-il.

Ils fuient aussi vite que la jambe de Nevio le lui permet, alors que l'ombre se reconstitue déjà. Ils n'arriveront pas à le semer. Nevio s'arrête brusquement, Safira le fixe d'un air médusé. Elle lui attrape le bras et le tire.

— Putain, grouille ! C'est pas le moment de faire une pause, Nev !

Il retire sa main de son bras et lui saisit fermement les épaules pour l'immobiliser. Plantant un regard fixe dans les yeux bruns de Safira, il lui dit :

— Reste ici. Cache-toi. Je vais l'attirer plus loin.

— Où ça ?

— Ailleurs.

Elle se dégage vivement, et le scrute avec horreur.

— T'es pas sérieux ? Tu veux y retourner seul ?

— Si cette chose nous suit jusqu'à la fête, ce sera un carnage, rétorque-t-il.

Elle reste sonnée par l'urgence dans son ton. Alors qu'il la regarde sévèrement :

— Ne me suis pas.

Une branche craque derrière eux. Nevio pivote

et s'enfonce de nouveau dans le bosquet en boitillant, laissant son amie frémissante désemparée.

De nouveau au centre de l'obscurité, Nevio garde les poings serrés. L'écoulement de la rivière étouffe la faiblesse dans sa démarche qu'il tente à tout prix de dissimuler pour ne pas offrir une ouverture à la créature maléfique, qui se tient encore au milieu du bosquet. Immobile, Umbra attend patiemment, exhalant des volutes nauséabondes dans la nuit fraîche.

— Sage décision, mon garçon. Je n'aurais pas aimé devoir me déplacer jusqu'à votre petite fête.

Un ricanement sombre s'échappe de l'ombre.

— Il n'y a que toi qui m'importes, pour l'instant, ajoute-t-il, le ton acéré. Mais si tu m'y forces, je peux impliquer tes amis.

Saisi par la menace, Nevio ne réfléchit pas. Il s'élance sur Umbra, contracte son poing, fait tourner les hanches et lui envoie une droite. Avec la rapidité du vent, Umbra s'évapore. Nevio cligne des yeux avec affolement, puis se retrouve pris au piège dans le corps de l'ombre qui s'est refermé sur lui. Le froid lui mord la peau. Ses organes semblent aspirés dans une sorte de vortex, et il lutte contre l'envie de vomir. La seconde d'après, Umbra l'envoie valdinguer contre un tronc.

La douleur explose entre ses omoplates. Nevio tousse violemment avec l'impression qu'il va cracher ses poumons. Il lui faut un moment avant d'essayer de se relever.

— Pitoyable, crache dédaigneusement l'ombre.

Avec une lenteur inquiétante, Umbra traverse la distance qui les sépare, soulevant les feuilles mortes sur son passage.

— Viens avec moi, ou je t'y forcerai, continue-t-il mauvais. Ainsi que ton amie.

Umbra darde son regard vif vers le buisson frémissant à quelques mètres, et Nevio ouvre les yeux de stupeur, remarquant une silhouette.

Pourquoi elle ne m'a pas écouté ?

— Safira, planque-toi !

Umbra glisse déjà en direction de l'arbuste.

Chapitre 20

Nevio étouffe un cri en atterrissant au sol sur le ventre. Le goût métallique du sang remonte dans sa bouche, ses oreilles se bouchent, les palpitations de son cœur prennent de plus en plus de place dans son esprit.

— Dernière chance avant que je m'en prenne à ton amie, mon garçon.

Nevio secoue la tête, appuie ses mains sur la terre meuble. Son champ de vision se floute. Il serre les dents pour réprimer le relent de bile, qui lui brûle la gorge. Ses forces physiques l'abandonnent. Il se cramponne alors à la terre, tentant de se relier aux énergies terrestres.

Ses yeux s'arrondissent. La connexion est coupée. Il n'arrive plus à entendre l'appel de la forêt.

Se tournant vers lui, la forme de l'ombre change, s'affine, s'aiguise pour devenir une longue lame noire.

— Est-ce là toute l'étendue de tes capacités ? persifle-t-il.

Nevio déglutit, totalement sans défense.

— Tu es faible. Le pouvoir que tu abrites n'a rien à faire dans un être aussi inférieur que toi. C'est une offense aux dieux !

— Arrête !

Un projectile fend l'air et heurte Umbra. En un éclair, il se braque vers le buisson et jette un cri perçant. Il fond sur Safira, qui a tout juste le temps de se mettre en garde avant d'être emprisonnée dans une étreinte mortelle.

— Safira ! s'époumone Nevio.

La forêt s'assombrit. Un voile noir gigantesque se dresse au-dessus des arbres penchés dans le vent. Un rouleau d'énergie les surplombe, bloquant la lune. La peau de Nevio se hérisse. Des ombres s'échappent de son corps malgré lui en se tordant violemment. Ses veines noircissent et des rivières d'encre se divisent, ruissellent sous sa peau diaphane, alors que ses iris se font avaler par l'abîme.

Umbra recule.

— Enfin, souffle-t-il en se courbant. Tu as fini par te révéler.

Sentant une faille, Safira pousse de toutes ses forces sur ses bras en jetant un cri de guerrière, et une étincelle jaillit de sa poitrine. Umbra lâche un effroyable rugissement en la libérant sur-le-champ.

— Humaine, tu m'as brûlé ! aboie-t-il en reculant vivement.

Nevio n'attend pas. Il lève une main, porté par le pouvoir, et une onde noire jaillit de sa paume. Lorsqu'elle s'abat sur Umbra, l'énergie noire se déchaîne dans un vacarme assourdissant, qui oblige Safira à se recroqueviller, les mains sur les oreilles. Elle fixe, déroutée, la silhouette aux veines noires et aux pupilles d'obsidienne, sans la reconnaître.

Nevio.

Le voile au-dessus d'eux se rétracte et la lune argente le vortex noir jusqu'à ce qu'Umbra hurle. La sueur perle au front sombre de Nevio, ses mains se crispent, sa bouche s'assèche. Il se sent brûler de l'intérieur, ravagé par le pouvoir.

Umbra pousse un dernier cri, puis le vortex s'évanouit. L'ombre a disparu.

Aussitôt l'obscurité Umbra se disloque. Puis plus rien.

Nevio inspecte les alentours d'un regard circulaire. Umbra n'est plus là. Puis il s'effondre de tout son long, à bout de force.

— Nevio !

Safira accourt vers lui. Elle tombe à genoux à ses côtés, le prend dans ses bras et installe son buste sur ses genoux. Déconcertée, elle observe le noir de ses veines se rétracter et s'effacer lentement de la surface de sa peau. Le bleu azur réinvestit l'œil de Nevio dont le visage se trempe de sueur.

Safira lui caresse les cheveux dans un geste lent, encore déboussolée, puis :

— Nevio, c'était quoi ça ?

Bien que son visage affiche une mine fermée, il n'y a aucune dureté dans sa voix. Elle s'efforce de caresser ses cheveux pour masquer le tremblement de ses mains. Elle a besoin de s'assurer que Nevio est toujours là, qu'il n'a pas changé. Elle refuse de croire ce qu'elle a vu.

Il plonge alors dans son regard, s'apprêtant à parler, puis une brindille craque derrière eux. Instinctivement, il s'accroche à son bras et Safira resserre ses bras autour de lui dans un geste protecteur.

— Oh, je dérange peut-être ?

Maxime se fige à quelques mètres d'eux, et Jenny émerge de derrière lui.

— Ah ben vous voilà, on vous cherchait partout…

Elle s'interrompt pour les observer d'un œil curieux.

Réalisant la position dans laquelle on les a trouvés, Safira et Nevio se redressent d'un coup. Nevio grimace.

— Ça va, Nevio ? s'inquiète Maxime.

— Il s'est pris les pieds dans une racine et a failli perdre connaissance, explique Safira.

Maxime se tourne vers elle, avant de passer à lui. Nevio est dans un état lamentable. Des croûtes de boue se sont incrustées sur son pantalon déchiré par endroits, et son tee-shirt noir paraît présenter des taches plus sombres, comme du sang. Nevio s'applique à éviter son regard, les mains dans les poches. Maxime fronce les sourcils, avant de scruter à nouveau Safira.

— Sacrée racine, ouais…

Safira croise les bras sur sa poitrine et relève légèrement le menton.

— Bon, si on allait boire un verre ? intervient Jenny qui a compris. C'est la soirée d'intégration, ce serait con de se laisser flinguer le mood par une stupide racine.

Personne ne lui répond. Un malaise s'empare du bosquet. Maxime et Safira continuent de se jauger.

— Saf, tu peux me raccompagner ?

Elle se détache enfin du regard de Maxime, qui semble tressaillir, et pivote vers Nevio.

— Tu veux dire, chez toi ?

— Oui, répond-il.

Elle hoche la tête et se met à son côté pour lui proposer son bras. Il s'y appuie, et ils se mettent à remonter le bosquet. Nevio passe devant Maxime sans un regard, la tête baissée.

Sur le seuil de sa maison, Nevio hésite, puis il se tourne vers Safira.

— Tu pourrais rester dormir ?

Sa voix est tendue. La fatigue est inscrite sur ses traits. Nevio n'a pas la force d'être seul ce soir. Pas après *ça*. Cette soirée a été trop riche en émotions. Il a l'impression d'avoir tout subi, le bien comme le pire.

— Bien sûr, accepte-t-elle.

Elle sort son téléphone. Ses doigts volent sur l'écran.

— Ma mère est prévenue.

Elle range son portable dans la poche de sa veste. Nevio referme la porte derrière eux. Sa main se crispe sur la poignée, et, le cœur de Safira s'arrête. Elle s'étonne à ressentir un élan de… peur. Craint-elle qu'il s'écroule, ou qu'il redevienne cette silhouette méconnaissable qu'il est devenu dans la forêt ? Elle ne le sait pas exactement.

Elle le regarde se diriger vers l'escalier d'un œil vigilant. Les baskets de Nevio crissent sur les marches en bois ciré, il s'appuie lourdement sur la rambarde.

Arrivant dans sa chambre, Nevio s'affale sur son lit, couvre son visage de ses bras et ferme les yeux en silence. Safira, elle, s'assoit prudemment sur la chaise près du bureau, puis déglutit en fixant les ombres étranges projetées sur les murs par la lampe.

— Saf, il y a quelque chose que tu dois savoir sur moi.

Elle attend, tendue. L'adrénaline n'a pas totalement quitté son système. Ce soir, elle a réagi face… à cette chose. Cependant, son cerveau peine à donner du sens aux informations que ses yeux lui ont transmises.

— Ce n'était pas mon héritage, soupire-t-il.

— Ton héritage ?

— Oui, fait-il en retirant ses mains de son visage. Mais le destin en a décidé autrement.

Alors il lui explique tout. Tout ce qu'il avait promis à sa mère de garder secret.

Les mains à plat sur ses cuisses, Safira l'écoute sans afficher aucune expression. Quand il finit, elle se lève si vite que, pendant une seconde, il pense qu'elle va s'enfuir. Au lieu de cela, elle va s'agenouiller devant son lit pour planter son regard dans le sien.

— Ton secret est en sécurité avec moi, Nev.

Elle se glisse alors dans son lit, à ses côtés, puis lui saisit la main.

— Tu peux compter sur moi.

Chapitre 21

Les gouffres creusés dans le marbre du sanctuaire noirci par l'éther relâchent leur souffle abyssal mêlé aux lamentations des âmes égarées. Droite comme la justice, Aelara contemple son royaume où le temps a cessé d'exister. Ses doigts pianotent distraitement sur le bras de son trône noir comme l'asphalte. Elle prend une inspiration, défiant le poids du néant, puis appelle :

— Umbra.

L'obscurité s'agite, et deux yeux rouges s'ouvrent dans l'ombre.

— Ma reine.

Umbra s'incline. Elle examine son serviteur, cherchant à deviner le cours que les évènements ont pris sur Terre.

— Le garçon, dit-elle avec impatience.

— Il est au seuil de l'abîme. Son essence se modifie. Une obscurité s'éveille en lui. Ancienne et puissante.

Elle plisse les yeux.

— Puissante comment ?

— Moi-même, je ne parviens pas à en sonder les profondeurs, ma reine.

Un rictus étire la peau d'albâtre de l'Étoile déchue :

— Il ignore qui il est.

Elle suit du bout des doigts les symboles gravés dans son trône.

— Mais ça ne suffit pas, tranche-t-elle. Il faut le briser et le remodeler à mon image. Il ne doit plus craindre les ténèbres, mais s'y abandonner.

Umbra s'incline plus bas encore.

— Lors de notre affrontement, j'ai tenté de le pousser plus loin, mais…

Aelara incline la tête, son regard se durcit, poussant son serviteur à continuer.

— Il ne combat pas avec la lumière. Il ne la repousse pas non plus. Pendant un instant, il a embrassé l'ombre pour se défendre. Il n'a pas l'air conscient de ce qu'il fait. Et il y avait cette enfant…

Elle arque un sourcil.

— Quelle enfant ?

— Une fille de feu. J'ignore comment, mais elle m'a brûlé.

Elle pose ses doigts sur ses lèvres et se renfonce dans son trône majestueux, pensive.

— Intéressant.

Lorsqu'elle se lève, les ombres se pressent en un chœur frémissant autour d'elle, susurrant des choses que seul le cosmos entend. Aelara paraît flotter au-dessus des larges dalles, alors qu'elle avance paresseusement. Au centre de son sanctuaire dort un large bassin bas et circulaire. Sa surface noire absorbe le peu de lumière qui filtre dans son royaume.

Avec grâce, Aelara s'assoit sur le rebord, une main appuyée sur la pierre froide, et se penche. Elle scrute d'un œil avide l'eau miroitante. Cependant, ce n'est pas son reflet qu'elle admire. Non, il s'agit du reflet d'un autre monde.

Celui des humains.

Le bassin lui révèle une vision instantanée de la vie sur Terre. Il remonte la rivière, un pont, une fontaine sur une place centrale, le toit des habitations endormies. Avec un soupir, Aelara fait pour plonger sa main dans le reflet de Pontebellusin et s'arrête à quelques centimètres.

Soudain, la surface de l'eau devient noire. Aelara pince les lèvres, ferme les yeux. L'eau se trouble, et Aelara commence à psalmodier dans une langue que l'Histoire n'a pas su retenir, remontant aux temps où les dieux redoutaient ce qui rôdait dans l'ombre.

Les ombres s'agitent autour d'elle, comme dans un rituel, alors qu'un sourire implacable illumine son regard de démente. Le sanctuaire frémit. Une force affamée, noire comme l'ébène, s'écoule de la paume d'Aelara, puis s'infiltre dans le bassin noir avant de basculer dans le cosmos.

La Force.

Elle chute dans le firmament assoupi, traverse les nuages à la vitesse d'une météorite. La collision avec le Ponte Obscurum est brutale, mais ne fait aucun bruit, telle la vapeur sur les pierres froides. Aussitôt, la Force file en direction du centre de Pontebellusin.

Lorsqu'elle arrive à la fontaine centrale, elle s'arrête, hume l'air à grandes goulées, frémit et se fige complètement. Seule la fontaine se trahit. Lentement, la Force se tourne vers une ruelle. Un grondement vorace monte de sa masse, et, tout à coup, elle part en trombe ; elle a repéré sa proie.

Une énergie forte, surnaturelle, qui résonne d'un écho ancien l'a appelée. Quand elle arrive devant la maison qui garde le pontebellusin, la Force n'attend pas. Elle se jette sous la porte, se glisse à l'intérieur et s'immobilise. Elle écoute. La maison est endormie.

La Force se cabre, flaire à nouveau. Son appétit se libère. Elle glisse alors en direction de la chambre, grisée par le parfum mystique qui embaume la maison. En silence, elle s'immisce par l'entrebâillement de la porte, serpentant sur le parquet d'une chambre.

La couette, qui recouvre le pontebellusin, monte et descend. Il se retourne, surpris par le courant d'air, puis, encore endormi, il s'arcboute violemment. Sa respiration se coupe. La Force a plongé ses crocs acérés dans sa nuque, pratiquant une saignée pour sa maîtresse des ténèbres, qui ne perd pas une miette du spectacle depuis sa dimension.

De l'autre côté du bassin noir, Aelara ferme les yeux et se délecte. Lentement, elle se met à aspirer la vitalité du pontebellusin, enivrée par le pouvoir.

Le pontebellusin demeure pétrifié, les paupières encore closes, coincé sous la marque noire, tandis que l'Étoile déchue pompe avec avidité. Cependant, elle veille à ne pas tout lui prendre, car le marqué ne doit pas mourir. Quand l'heure viendra – quand Aelara aura repris ce qui lui revient de droit –, il ne sera plus qu'une coquille vide, lié à elle corps et âme.

Sentant sa maîtresse repue, la Force retire ses crocs de la chair du marqué. Elle glisse hors du lit, franchit la porte et cascade jusqu'au rez-de-chaussée. Comme à son arrivée, elle passe sous la porte et retrouve la nuit, qui continue de la dissimuler.

Elle se renverse en arrière, flaire et repart à toute allure dans les ruelles, à la recherche d'un autre pontebellusin dont l'âme demeure liée aux cycles lunaires et aux lignes telluriques. Un autre héritier d'un savoir oublié à contaminer.

Cette nuit-là, la lumière de Pontebellusin a subi de lourdes pertes. Invocateurs, praticiens de la magie, alchimistes, créatures surnaturelles… Les ultimes porteurs des forces primordiales ont été marqués.

Aelara recule, laissant traîner sa main sur le bassin noir, satisfaite.

— Voyons combien de temps le garçon va tenir avant que l'ombre ne l'engloutisse ainsi que son amie, la fille de feu.

Un sourire machiavélique se burine sur ses traits de marbre.

— Je veux cette fille, exige-t-elle. Elle pourrait m'être utile.

Elle pivote sur elle-même.

— Observe-la, Umbra. Je déciderai ensuite si nous la marquons, ou si elle doit venir à moi. Elle pourrait être la clé des derniers blocages de Nevio.

Umbra acquiesce avec déférence. Drapée dans sa longue robe noire, Aelara lui tourne le dos pour rejoindre son trône, puis lance sur un ton d'avertissement :

— Umbra, que l'échec ne soit pas ton héritage. Les ténèbres qui naissent dans ce garçon m'appartiennent. Il est la clé de ma renaissance et m'est destiné.

Un ricanement lugubre brise le voile du royaume, un écho dans chaque cavité.

— Aelara. Ne devrait-on pas plutôt t'appeler le désespoir incarné ?

L'Étoile déchue envoie une salve d'énergie, qui fait trembler les fondations de son sanctuaire. Personne n'a jamais osé venir perturber son exil.

— Qui ose souiller mon royaume ? tonne-t-elle.

Quelque chose d'ancien, et qui ne lui appartient pas, se fraie un chemin jusqu'à elle. L'atmosphère devient étouffante. Aelara se raidit. Une présence se forme devant elle. Une silhouette, sans visage, qui oblige les ombres à se rétracter.

— Le tissage des fils du destin ne t'appartient pas, Aelara, déclare l'entité en rivant son attention sur elle.

Ni le garçon.

Aelara se braque.

— Je ne rends de compte à personne. Disparais avant que je ne te réduise à néant.

— Tu n'as donc rien appris de tes erreurs ? raille-t-elle sur un ton métallique. Toi, qui a cru pouvoir t'emparer de tout sans en payer le prix.

Aelara relève le menton.

— Quel est ton nom, entité ?

Aelara cherche à sonder l'intrus, et un coup de tonnerre résonne contre la façade du sanctuaire. Un pli barre son front obstiné.

— Je lis clairement tes intentions, dit l'entité, ignorant ouvertement sa question. Tu veux forger le garçon pour t'en emparer. C'est l'échec qui t'attend.

— Et qu'est-ce qui te fait croire ça ? réplique-t-elle acerbe.

— Il ne t'appartient pas. Pas plus qu'il ne s'appartient à lui-même.

Aelara sent subitement un décalage dans l'équilibre cosmique. Une défaillance. L'entité reste braquée sur elle.

— Nevio n'est qu'un fragment ; il n'est pas encore celui que tu cherches.

Aelara penche la tête sur le côté.

— Qu'est-ce que tu en sais ?

— Ce pouvoir est une anomalie. Une fracture dans un héritage millénaire.

L'entité s'interrompt.

— Je peux l'éveiller.

Aelara pose ses mains sur ses cuisses, intriguée, et demande :

— Comment te croire si tu ne me révèles pas même ton nom ?

L'entité se met à avancer, déployant son aura vers elle. Umbra grogne, mais plie sous le poids de cette force étrangère. Aelara lève un œil implacable contre l'entité qui la surplombe désormais.

— Parce que ton ambition sert la mienne.

Un frisson insidieux saisit la colonne vertébrale d'Aelara. Elle n'apprécie pas ce que lui fait ressentir cette entité. Cette créature n'est pas un simple pion ni un sous-fifre, mais une menace redoutable. Toutefois, elle peut se révéler utile.

Elle croise les bras.

— Je t'écoute.

— La fille de feu n'est qu'un contretemps. C'est sur Nevio qu'il faut se concentrer. Si tu empoisonnes son cœur, la noirceur s'étendra d'elle-même.

— Tu ne m'apprends rien, renâcle-t-elle. Il porte en lui la faiblesse des mortels : les sentiments.

Elle se dresse alors de toute sa hauteur face à l'entité.

— Qu'as-tu à gagner dans cette histoire ?

L'entité la jauge puis se détourne avant de s'éloigner.

— Une alliance.

La surface du bassin se trouble sous la puissance de sa voix abyssale.

— Pour rétablir l'ordre, continue l'entité. Les dieux reprendront leur place, et les mortels la leur.

Aucune alliance n'est éternelle, Aelara le sait. Celle-ci ne fera pas exception. Elle a bâti sa légende sur des serments brisés. Aucun scrupule. Aucun remords. Jamais elle n'a permis à la culpabilité d'entamer sa hauteur. Par nature, elle est condamnée à la trahison.

Néanmoins, cette union apparaît comme nécessaire. D'ailleurs, l'entité ne ressemble à rien de ce qu'elle a affronté.

— C'est d'accord, conclut-elle enfin. Formons une alliance.

Chapitre 22

La pluie forme des rigoles entre les pavés désormais purifiés. La rivière gonfle, et les nuages crevés clapotent sur les toits d'un battement régulier. L'automne est bien installé. Un mélange de terre et de feuilles mouillées sature l'air.

Nevio slalome entre les flaques, la capuche de son sweat noir rabattue sur sa tête, et suit le riche parfum du café. La cloche tinte discrètement lorsqu'il pousse la porte du café des parents de Jenny. Ses épaules se détendent dans la chaleur du lieu. Il retire sa capuche, passe une main sur sa nuque et étire son cou en fermant les yeux. Une étrange sensation s'accroche à sa peau depuis ce matin. Un peu comme de l'urticaire. Il a contrôlé dans le miroir la présence de plaques, mais il n'a rien vu. Aucune trace. Pourtant, impossible de se débarrasser de la sensation latente.

Il fait un détour par le comptoir pour commander un latte à la citrouille et à la cannelle, puis il se dirige vers leur table habituelle, où l'attendent Jenny et Safira à l'abri des regards. Enlevant sa veste, il jette un coup d'œil aux muffins à la framboise et aux tasses de café posés devant elles. Il intercepte un regard qu'elles échangent, et son ventre se noue.

La serveuse dépose son latte fumant devant lui.

— Merci.

Il porte la boisson orangée à ses lèvres. Les volutes épicées lui titillent les narines, sans parvenir à le soulager de l'enclume qui pèse dans ses tripes. Il avale une gorgée, se brûle la langue et repose brusquement sa tasse.

— Par pitié, les filles, dit-il avec raideur. Crachez le morceau.

Il relève la tête et rencontre le regard de Jenny.

— Des rumeurs circulent, Nev.

— Quel genre de rumeurs ?

Elle lance un coup d'œil à Safira pour que cette dernière prenne le relais.

— Apparemment, des pontebellusins auraient été attaqués cette nuit.

Il s'immobilise et les muscles dans sa mâchoire tressautent.

— Vous pensez que…

— Oui, répondent-elles tout d’une voix.

Il croise les bras sur sa poitrine et se renfonce dans sa chaise.

— L’attaque à la soirée d’intégration a eu lieu il y a deux semaines. Ce n’est pas forcément lié.

— Ce n’est pas impossible non plus, le contredit Safira.

Jenny tend le bras par-dessus la table et pose une main délicate sur le bras de Nevio.

— Le crime a toujours existé, Nevio, tu as raison. Mais au vu des récents évènements, et de ce qu’on sait, on ne peut pas ignorer une éventuelle connexion.

Il ne se déride pas et balance :

—Je ne suis pas formé pour combattre le crime.

Jenny lâche son bras et recule en hésitant.

— On comprend la pression que c’est pour toi, Nev.

Il la dévisage.

— Ah ouais ? Saf, ne le prends pas mal, mais je

doute que quelqu'un sache ce que c'est de se retrouver sur le devant de la scène.

— J'étais là, Nev, répond-elle, posant les coudes sur la table alors qu'elle se penche en avant. J'ai moi aussi été agressée par cette chose, tu as déjà oublié ?

Elle darde un regard sur lui. Ce qu'il y voit lui fait l'effet d'une gifle.

— Les gars, ce n'est pas le moment de se disputer, arbitre Jenny. On doit rester unis, tu te souviens, Nev ?

Ce sont les mots de sa mère quand elle s'est confiée sur son terrible passé. Une pointe de culpabilité fracture la carapace de Nevio. En vérité, si Safira s'est interposée lors de la soirée d'intégration, c'était avant tout pour le protéger ; elle n'aurait jamais dû se retrouver empêtrée dans ce cauchemar. Avec un soupir, il acquiesce lentement. Safira saisit son café et boit en silence.

Jenny les observe tour à tour, puis annonce :

— En fait, je fouille les archives de la ville.

— Les archives ? répète Nevio, le front plissé.

— Oui, notre ville a un passé mystique. Ça m'a semblé le meilleur endroit pour trouver des informations.

— Et… ?

— Et rien, Nev. Que dalle. C'est étrange d'ailleurs…

— Pourquoi ? demande-t-il.

— Si tu y réfléchis, Pontebellusin est très connectée à son passé et n'a jamais eu honte de ses racines ésotériques. Rappelle-toi toutes les légendes que nos parents nous racontent, sans parler des leçons dédiées à Pontebellusin pendant les cours d'histoire au collège.

Nevio acquiesce, comprenant où elle veut en venir.

— Les archives de la bibliothèque municipale devrait être l'endroit idéal pour se rencarder sur le visage ésotérique de notre ville, continue-t-elle. Pourtant il n'y a rien. Comme si on avait tout fait disparaître…

Le café continue de grouiller de monde, indifférent au tourment qui bouscule le trio. S'ils n'arrivent pas à s'informer sur Umbra, ils ne pourront pas la combattre.

Sortant du silence :

— J'ai peut-être une idée, lance Safira.

— On t'écoute, répond Jenny.

— Une session de spiritisme.

Jenny ouvre des yeux ronds et secoue la tête.

— Fausse bonne idée.

— Et pourquoi ça ? demande Safira.

— Les films d'horreur m'ont appris que ça tourne toujours au vinaigre.

— Tu bases ta science sur les films d'horreur maintenant ? lâche-t-elle ironique.

— Comme notre vie ressemble à un cauchemar, oui. Et tu devrais peut-être en faire autant.

Safira repose aussitôt le muffin qu'elle s'apprêtait à déguster.

— Et je suppose que tu as mieux à proposer, miss-je-sais-tout ?

— Les filles…

Mais Safira ignore Nevio, braquée sur Jenny qui affiche une expression impassible.

— Visiblement tes recherches ne donnent rien, poursuit Safira. Des pontebellusins se font agresser, et on est au point mort.

— Et c'est ma faute peut-être ? s'offusque Jenny.

— Ce n'est pas ce que je dis, répond Safira. Mais évite de mépriser mes idées si tu n'as pas mieux en réserve.

— Invoquer un démon pour en combattre un autre n'est pas la solution, Safira.

Safira la fixe un moment, une étincelle passe dans son regard puis :

— Jenny, on en reste là, décide-t-elle en se détournant pour boire son café. Ça vaut mieux pour toi.

— Eh oh, on descend d'un cran là, tente Nevio en cherchant à tendre les mains entre elles.

Jenny écarte ses mains, secoue la tête et se tourne vers elle, un bras appuyé sur la table.

— Attends, tu as quelque chose à me dire, Safira ? Parce que si c'est le cas, vas-y, ne te gêne pas. Vide ton sac.

Safira esquisse un sourire amer.

— D'accord, c'est toi qui l'as voulu, fait-elle avant de la regarder en face. Tu n'étais pas là quand on a combattu cette chose.

—J'y étais la première fois.

— Et tu peux me dire ce que t'as fait ?

Jenny tressaille. Le regard de Safira devient plus

acéré.

— Exactement, Jenny. Rien du tout.

— Parce que tu penses qu'avec tes cailloux, tu as été d'une grande aide ?

— Au moins, j'ai essayé. Je ne suis pas restée les bras ballants à regarder Nevio se faire massacrer.

— Attends, pour qui tu te prends ? Tu envoies trois cailloux et tu te prends pour Xenna la guerrière ?

— Je l'ai repoussée.

— Repoussé ? s'esclaffe-t-elle, incrédule. Tu ne sais pas plus que moi pourquoi l'ombre t'a lâchée !

— Ça suffit !

Leur attention converge vers Nevio.

— Safira, commence-t-il sévèrement, elle n'est pas restée les bras ballants le jour de l'intégration ; elle ne pouvait littéralement rien faire. Jenny n'a ni pouvoir ni entraînement au combat, mais elle a pris l'initiative d'enquêter de son côté.

Il fait ensuite volte-face vers Jenny.

— Je sais ce que tu penses du spiritisme. L'idée n'est peut-être pas idéale, mais c'est tout ce qu'on a, et je suis partant.

Il prend une profonde inspiration, arbore un sourire las.

— Il faut qu'on avance. L'ombre n'attendra pas que nous soyons prêts pour revenir à la charge. Et si vos soupçons sur les attaques de Pontebellusin s'avèrent, il est de mon devoir de prendre le risque ; nous ne sommes plus les seuls concernés.

Il se lève et enfile sa veste.

— On se retrouve dans une heure chez moi.

Alors qu'il se dirige vers la sortie, il s'arrête.

— Si vous ne venez pas, je comprendrais, murmure-t-il par-dessus son épaule. Moi, je n'ai pas le choix.

Il ignore la mine interloquée de ses amies et sort, laissant son latte à moitié plein. C'est la première fois qu'il ressent un besoin écrasant de solitude. Il a besoin de respirer.

Chapitre 23

Nevio éteint l'eau et attrape une serviette en sortant de la douche. Un nuage de vapeur enveloppe la salle de bains. Il passe une main sur le miroir pour examiner son reflet. Ses muscles ont beau s'être détendus, son visage est encore tiré par la fatigue.

Ces foutus cernes qui ne disparaissent pas…

En grognant, il se penche sur le lavabo et se passe un coup d'eau froide sur le visage, pour s'extraire de ses pensées. Il se sèche et enfile mécaniquement le jogging noir et le tee-shirt blanc qui attendent sagement sur le porte-serviette. Il ouvre la fenêtre pour aérer en sortant.

En se frottant la tête avec sa serviette, il descend lourdement l'escalier, avant d'aller se vautrer dans le canapé. La boule au ventre, il repense aux récents évènements et à ce qu'il s'apprête à faire.

— Une séance de spiritisme… On marche

vraiment sur la tête.

La serviette autour du cou, il cale son avant-bras sur ses yeux et se mord la lèvre.

— Dans quoi je me suis fourré, putain ? Je ne pouvais pas être un ado *normal*, dans une famille *normale* ? C'était trop demandé à l'Univers ?

Le silence lui répond.

— Et voilà que je cause tout seul, lâche-t-il. Qu'on m'enferme en hôpital psychiatrique et qu'on n'en parle plus, sans déconner !

Dans un élan de rage, il balance sa serviette par-dessus la table basse, renversant le cadre photo posé sur le meuble de la télé. Aussitôt il a un coup au cœur. Il se lève, contourne la table basse en bois, s'accroupit et ramasse le cadre.

Dans sa main, les yeux rieurs de Chiara le fixent. Une boule se forme dans sa gorge. Cette photo a été prise la veille du départ de Chiara pour Londres. Quand l'insouciance faisait encore loi dans sa vie. Dans leur vie.

Avec un profond soupir, il remet précautionneusement le cadre à sa place et ramasse sa serviette. Il fixe le grand sourire de sa sœur.

Si ça n'avait pas été moi, ça aurait été Chiara. Je n'aurais pas voulu qu'elle se retrouve avec ce fardeau sur les épaules.

Nevio se raidit en entendant des bruits sur le perron. Il n'a pas le temps de se diriger vers la porte d'entrée qu'elle s'ouvre à la volée. Il se fige.

— Vous êtes venues ?

Safira laisse tomber son sac dans le hall.

— Tu croyais vraiment qu'on allait te laisser affronter d'autres démons tout seul ? Pas envie que tu te fasses latter la gueule comme la dernière fois.

Un sourire passe sur le visage de Nevio, puis il interroge Jenny du regard qui hausse les épaules.

— Je suis d'accord avec Saf.

Elles échangent un sourire complice ; elles ont l'air d'avoir réglé leurs différends. Nevio sourit en son for intérieur.

Elles retirent leurs chaussures à l'entrée, puis le rejoignent dans le salon. Jenny pose son tote bag sur le canapé et extrait tout un bric-à-brac magique. Bougies, plantes…

— Merci, articule-t-il, ému.

Elles se contentent de lui renvoyer un sourire chaleureux, en continuant de s'affairer.

Au bout de dix minutes, la pièce est prête.

— On se lance, les filles ?

L’encens, qui brûle sur la table basse, embaume le salon dans une atmosphère particulière qui impose de parler à voix basse malgré soi. Un cercle à base de sel est tracé sur le parquet ciré. Des os d’animaux et des pierres runiques composent son centre, accompagnés d’une bougie.

Nevio, Jenny et Safira sont assis en tailleur autour du cercle sacré.

— Nev,’ s’il te plaît, ne me repose plus la question, sinon je me taille en courant.

— Poule mouillée, tousse Safira.

Jenny la fusille du regard.

— Eh, les filles, on se concentre.

Nevio lance un regard à Safira.

— Bon, comment ça marche ?

— Il faut toujours invoquer l’esprit avec respect. Offrir quelque chose en échange. Le remercier. Dissiper le cercle pour renvoyer les énergies.

— Et les risques ? demande Jenny.

Safira pince les lèvres.

— Des entités malveillantes peuvent se manifester, admet Safira. On doit être prêts à rompre le contact à tout moment.

Le vent siffle contre les carreaux de la fenêtre du salon, et les volets battent la façade de la maison. Une appréhension s'empare de Nevio, et il tente de la chasser en prenant le briquet sur la table à côté de lui. Il tend la main vers la bougie, l'allume, alors que le ciel s'assombrit. À l'étage, un volet se rabat en claquant contre une fenêtre.

La flamme de la bougie s'éteint.

Nevio tourne la tête vers la fenêtre du salon qu'ils ont veillé à fermer et aperçoit les nuages qui s'amassent dehors, et le salon plonge dans la pénombre.

— Safira, demande-t-il incertain, qu'est-ce qui se passe ?

Il lui jette un coup d'œil. Elle ne répond pas.

— Saf ?

Elle ne le regarde pas. Il suit alors son regard, puis suffoque, étranglé par un sanglot.

Les paumes ouvertes, Jenny renverse la tête vers le plafond, les pupilles complètement retournées dans leurs orbites.

— Merde, Jenny.

Il y a un coup au plafond. Lui et Safira lèvent la tête en voyant la poussière tomber au milieu du cercle. Safira est paralysée par l'effroi, et Nevio a le cœur qui bat à toute allure. Il tente de s'humecter les lèvres avant de dire :

— Jenny… ?

Le vent s'arrête. Il n'y a aucun coup au plafond. Uniquement le craquement des lattes du plancher à l'étage. Comme si quelqu'un se déplaçait au-dessus de leurs têtes, jusqu'à l'escalier. Le bruit s'arrête. Nevio déglutit.

Les marches en bois se mettent à grincer de façon sinistre. De plus en plus près. De plus en plus fort. De plus en plus vite. La dernière marche craque, et Safira et lui épinglent leur regard vers l'escalier, engourdis par la terreur.

Le volet du salon se referme brusquement. La pièce sombre dans le noir. Pendant quelques instants, Nevio les croit perdus, puis la bougie se rallume.

— Mon Dieu ! s'étrangle Safira.

La lueur vacille sur le visage possédé de leur amie.

— Umbra n'est que le serviteur d'Aelara. C'est elle ta véritable ennemie.

Jenny récite d'une voix mécanique, grave et lointaine.

Nevio se penche, hésitant.

— Qui es-tu ? demande-t-il doucement.

Un rictus s'épanouit lentement sur les lèvres de Jenny.

— Tu le découvriras bientôt, Nevio.

La bougie s'éteint. Et c'est le noir complet. Un bruit sourd résonne sur le plancher du rez-de-chaussée. Un mauvais pressentiment s'empare de lui.

— Nevio, allume la lumière !

Il se lève d'un bond, glisse sur le sel, brisant le cercle, et se jette sur l'interrupteur, le sang dans les tempes. La lumière revenue, il se retourne et découvre Jenny allongée sur le flanc, inerte.

— Jenny !

Il se précipite vers elle et la prend dans ses bras. Elle ne réagit pas. Il part à la recherche de son pouls dans son cou, tendu.

— Elle est seulement inconsciente.

Son visage se ferme et il lance un regard assassin

à Safira.

— Putain, Saf, c'était quoi ce bordel ? Pourquoi t'as lancé le rituel sans nous prévenir ?

— Je n'ai rien fait ! L'esprit s'est manifesté de lui-même !

Il la dévisage alors qu'elle tremble de tout son long. Crispant la mâchoire, il passe ses bras sous les aisselles de Jenny.

— Aide-moi, ordonne-t-il. On va l'installer sur le canapé.

Ils s'exécutent. Safira fouille son sac, trouve une bouteille d'eau et humidifie une serviette propre avant de la tamponner délicatement sur le front de Jenny.

Au bout de quelques instants, les yeux de Jenny papillotent, et elle revient doucement à elle.

— Qu'est-ce qui s'est passé ? demande-t-elle d'une petite voix.

Nevio et Safira se consultent du regard.

— Jenny, murmure Safira pour la énième fois.

Le silence persiste alors que Jenny s'acharne à taper sur le clavier de son ordinateur, concentrée sur son écran. Après qu'ils lui ont expliqué ce qui lui est arrivé,

Jenny s'est contentée de dégainer son ordinateur et de retourner internet à la recherche de n'importe quelle information. Et cela doit faire quinze bonnes minutes qu'elle n'a pas ouvert la bouche.

Assise sur le pouf, Safira se triture les mains sur ses genoux.

— Je t'en prie, la supplie-t-elle. Dis quelque chose.

La bouteille d'eau en plastique proteste sous les doigts de Jenny.

— Qu'est-ce que tu veux que je te dise, Safira ?

Elle l'épingle d'un regard noir, qui fait tressaillir Safira.

— Que je ne voulais pas le faire ? continue-t-elle sur un ton sec. Tu le savais, non ?

Safira baisse la tête sans broncher.

— Tu ne veux pas te reposer ? propose Nevio.

— Nev…

Elle relève le nez de son ordinateur.

— J'ai été possédée avant même que la séance de spiritisme démarre. Je ne me rappelle pas le moment où l'esprit s'est emparé de moi. Et vous n'êtes pas capable de me dire qui il était. J'ai besoin de trouver des informations ; je suis terrifiée.

Il la considère, perplexe, et finit par acquiescer. Elle se remet à taper avec acharnement sur son clavier, puis écarquille finalement les yeux.

— J'ai trouvé quelque chose, souffle-t-elle.

Elle pose l'ordinateur sur la table basse pour permettre aux autres de lire.

✦

Au temps où les dieux gouvernaient encore la Terre, Aelara était jadis lumière. Une divinité resplendissante de sagesse. La légende dit que la trahison de ses disciples et la perte de son amour la précipitèrent dans les ténèbres. Sa chute fissura l'équilibre magique de son royaume, ouvrant une brèche née de sa douleur d'où les ombres jaillirent. La noirceur gagna son monde, rongeant ses énergies, et elle y resta bloquée, en exil.

On l'appelle aujourd'hui l'Étoile déchue.

✦

— Umbra, lâche Nevio.

— Pardon ?

Il secoue la tête.

— C'est ce que tu as dit quand tu étais po…

Voyant l'expression de Jenny, il s'interrompt.

— Tout à l'heure, se rectifie-t-il. Tu as dit qu'Umbra était le serviteur d'Aelara qui est ma véritable ennemie.

— À la soirée d'intégration, l'ombre m'a dit quelque chose du genre « Comment oses-tu t'en prendre à Umbra ? », à mon avis c'est son nom, intervient Safira. En plus, Nevio, l'ombre t'a déjà mentionné Aelara, non ?

Il acquiesce.

— L'ombre a dit qu'Aelara s'emparerait de ce que je cache, confirme-t-il.

Il s'arrête un instant.

Née de sa douleur…

— Cette ombre appartient sûrement à Aelara. Le texte dit qu'elle a ouvert une brèche d'où les ombres ont jailli.

— Ce serait logique, renchérit Safira. Cette créature a l'air de craindre la lumière en plus.

Il passe une main dans ses cheveux.

— Qu'est-ce qu'ils me veulent, enfin ?

Jenny referme son ordinateur, se renfonce dans le canapé en croisant les bras.

— Ton pouvoir, Nev.

Il s'immobilise, mesurant ses paroles.

— Tu veux dire que je serais une sorte d'élu sur qui les méchants veulent mettre la main pour mon superpouvoir ?

Elle répond par un signe de tête affirmatif.

— Mais je ne suis pas le seul à interagir avec les énergies sur cette planète ! s'écrie-t-il. Ma mère en est capable aussi.

— Sauf que tu es le premier homme de ta famille. Ta lignée magique était matriarcale, Nev. Et toi, tu l'as brisée.

— Mais je n'ai rien fait du tout !

La porte d'entrée s'ouvre.

— Oh, bonsoir les filles. Vous restez dîner ?

En entrant, Anya se fige sur place, touchée par les

relents d'une énergie malveillante que l'encens n'a pas su à dissiper. Le visage grave, elle se tourne vers le trio.

— Racontez-moi tout.

Chapitre 24

Le souffle court de Nevio forme une bouffée chaude dans la fraîcheur de la soirée. La pluie fouette les plantes qui grimpent le long de la pergola. Le jardin baigne dans une tension asphyxiante.

— Encore, exige Anya implacable.

Dès qu'ils l'ont mise au courant, elle a décrété qu'il devait accélérer sa formation à la manipulation énergétique. Ils ont alors ramené les filles chez Safira, et sont revenus se mettre au travail dans le jardin malgré le temps.

Alignant sa respiration avec la nature, Nevio offre ses paumes au ciel et se met à réciter une incantation qu'il a apprise.

— *Sanguis ignis, corda ardentia, arde et responde iuramento meo.*

Ses bras se tendent. Une tension remonte dans son diaphragme, envahit son thorax. Ses paumes se mettent à chauffer, et une flamme s'allume timidement au bout de ses doigts.

Pourquoi je me sens si lourd ?

— Elle peut s'éteindre à tout moment, l'informe Anya. Que dit la formule magique ?

— *Sanguis ignis, corda ardentia…*

— Exactement, l'interrompt-elle. Cette fois, le feu ne provient pas des énergies environnantes, mais de ta volonté et de ton sang.

Il fronce les sourcils d'un air sceptique.

— Tu ne canalises pas ; tu donnes, explique-t-elle. Invoquer un élément de la nature est un échange, Nevio. Il ne se manifeste pas sans contrepartie.

Alors que la flamme résiste à la pluie, ses muscles le tiraillent.

— Pourquoi ça ne me brûle pas ?

Anya hésite, puis, gardant toujours son air impassible, elle répond :

— Parce que le feu a déjà pris son dû ; l'offrande remplace le châtiment.

Elle avance d'un pas, fixe la flamme persistante.

— Tu ne crées pas le feu à partir de rien. Il n'a pas besoin de consommer ta chair, parce que tu lui *donnes*.

Il fronce les sourcils, sans se détourner de ses mains.

— Ça se rapproche de la magie du sang. Si tu veux qu'elle brûle davantage, tu dois lui donner plus. Mais si tu donnes trop, tu te consumeras.

— Maman…

Il laisse retomber son bras. La flamme disparaît, laissant un picotement sur sa peau.

— … est-ce qu'il est possible qu'Aelara s'empare de mon pouvoir ?

Anya pose les mains sur ses épaules et le fait pivoter. Ses prunelles vertes le sondent patiemment. La détresse qui s'échappe de son fils lui serre le cœur. Cependant, mentir n'a jamais protégé personne.

— Il est impossible de s'emparer du pouvoir de quelqu'un d'autre sans rituel, évènement céleste et sacrifice.

La pluie continue de tourmenter la pergola au-dessus de leurs têtes. Nevio serre les poings.

— Pourquoi moi ? grince-t-il. Je n'ai rien demandé.

Je suis une erreur.

Il étouffe un sanglot, et Anya prend son visage entre ses mains.

— Tu n'es pas une erreur, dit-elle avec force. La magie de notre famille t'a choisi. J'ignore pourquoi, mais il devait en être ainsi. Seulement, ça fait de toi une cible. Les gens chercheront toujours à s'emparer du pouvoir. À toi de ne pas les laisser faire. Bats-toi, Nevio.

À mesure que la cadence de la pluie ralentit, les gazouillis des oiseaux reprennent doucement. L'odeur de terre mouillée envahit le jardin et les fleurs s'inclinent sous les dernières gouttes de pluie alors que le ciel se ferme enfin.

— Je suis terrifiée à l'idée qu'on s'en prenne à toi, ou à ta sœur.

Elle peine à dénouer ses cordes vocales.

— Mais tu es le gardien de notre héritage désormais.

Elle le relâche, laissant retomber ses bras le long de son corps, puis s'éloigne en direction du jeune bouleau.

— Tu vas apprendre à tracer un cercle de protection. C'est différent du bouclier énergétique. Le cercle bâtit un sanctuaire hors du temps et de l'espace ; rien ne peut t'atteindre, tant que tu parviens à le maintenir en place.

Elle désigne le bâton sur la table sous le porche.

— Prends-le et trace un cercle dans le sol humide du jardin. Visualise-le dans ton esprit, et reste à l'intérieur. Fais appel aux éléments grâce à ton énergie et demande-leur de veiller sur toi.

Nevio se positionne parmi les plantes odorantes, dessine le cercle entre les feuilles mortes et relève la tête, attendant les instructions.

— Répète après moi, Nevio. *Aeris spirat…*

— *Aeris spirat…*

Une brise légère s'enroule autour de ses doigts et une sensation familière réveille son épiderme alors qu'il s'applique à réciter.

— *Ignis ardet…*

L'air se réchauffe autour de lui.

— *Aqua fluit…*

La surface des flaques d'eau se trouble. Il plante ses talons dans la terre humide, sentant la force primitive partir du sol.

— *Terra firmat…*

Il y a comme une pression dans l'air, sur sa peau.

— Lumière, fais de ce cercle un sanctuaire. L'air circule, le feu brûle, l'eau coule, la terre soutient. Protège mon espace. Que nul n'entre. Que nul m'attaque.

Le cercle de protection se met alors à vibrer, et une spirale magnétique part de son centre.

Anya reste stupéfaite en voyant le rempart énergétique s'ériger autour de lui. Une seconde vibration part du sol.

— Nevio, ralentis.

Le temps se suspend, l'espace s'ouvre et les doigts de Nevio se crispent. Une bourrasque souffle sur le jardin, manquant de renverser Anya, qui s'appuie contre la table. Elle rabat les mèches de cheveux, qui se sont échappées de son chignon bas, et regarde désespérément son fils. Une toile noire remonte dans le cou de Nevio, noyant ses iris.

Il chancèle en arrière. Sa respiration s'accélère. Il essaie de se recentrer, mais des images récentes s'approprient son esprit. Toujours les mêmes. Tout s'effondre sur lui.

Anya se précipite vers lui, mais se heurte au cercle.

— Nevio, ne laisse pas cette énergie t'envahir !

Un vide engloutit le jardin. Un craquement, comme une déchirure, se fait entendre. Et un royaume où le silence semble étouffé apparaît, avalé par le néant. L'énergie débridée de Nevio agrandit la faille spatio-temporelle. Aussitôt Anya comprend.

— Referme ce portail, tout de suite !

Dépassé, il cligne des yeux, halète, les paumes tremblantes.

C'est trop… puissant.

Soudain, il est percuté de plein fouet et finit dans les bégonias. Il secoue la tête, et se redresse à temps pour éviter les griffes, qui rasent son abdomen.

Umbra.

Ses deux fentes rouges ardemment fixées sur lui, Umbra lui tourne autour. Nevio se tient prêt et arme son bras du bouclier énergétique. Lorsque le spectre charge, il lève sa garde, prêt à l'impact. Au lieu d'encaisser le coup, Nevio voit l'ombre filer en direction du porche. Il devient blême.

— Maman, cours !

Umbra réémerge des lattes en bois, lui barre le passage et fend l'air d'un coup de griffes noires. Anya l'évite de justesse, et les griffes cassent la table. Haletante, elle se précipite à l'intérieur de la maison. Nevio arrive en trombe, la rage au ventre.

— *Sanguis ignis.*

Sa main s'enflamme, il referme le poing et décoche une droite à Umbra, qui grésille en lâchant un cri monstrueux.

Il craint donc bien la lumière.

Plongeant à nouveau dans le plancher, Umbra fonce à toute vitesse dans la maison. Dans la cuisine, Anya ouvre un tiroir, fouille dedans. Nevio se jette sur Umbra, les poings enflammés. Aveuglé par la peur, il en oublie de se protéger et reçoit un coup au visage qui le fait reculer jusque dans le meuble à chaussures du hall d'entrée, qui se fracasse sous le poids de Nevio. L'air quitte ses poumons.

Son bras retombe aussitôt : une douleur aiguë lui transperce l'omoplate, le forçant à serrer les dents. Il regarde sa main valide, tente d'invoquer ses flammes.

Sa paume reste vide.

— Putain, allume-toi !

L'entraînement l'a épuisé. Un terrible fracas lui parvient depuis la cuisine.

Merde.

Il ravale l'acide, qui monte dans sa gorge, et se hisse sur ses genoux. Il plaque son bras endolori contre son ventre et croit halluciner en voyant la main de sa mère s'illuminer.

— Nevio, attrape !

Un cristal de roche vole à travers le hall. Nevio tend la main. À l'instant où la pierre entre en contact avec sa peau, une onde de choc explose dans la maison. Une lumière éblouissante perce chaque fenêtre, expulsant Umbra jusque dans la brèche.

Dans un ultime effort, Nevio se redresse et referme la main, résorbant le portail spatio-temporel qu'il a créé.

Voyant Umbra disparaître dans l'anneau qui se referme, Nevio pousse un soupir de soulagement. Le monde tangue autour de lui. Le souffle rauque, il a les jambes en coton. Son rythme cardiaque accélère. Il baisse les yeux, pris d'une sueur froide, et observe les gouttes pourpres perler sur le plancher.

Oh non.

Il essuie son nez du revers de la main, et Anya se précipite vers lui, alors qu'il perd connaissance.

Ses paupières papillotent avant de se soulever véritablement. Il lui faut un temps pour que ses pupilles s'habituent à l'obscurité dans laquelle il est plongé.

Quelle heure est-il ?

Il lance un regard à la ronde, groggy. Son regard s'arrête sur son portable posé sur sa table de chevet. Sans se redresser, il le saisit d'un bras mou et appuie sur le bouton central.

— Putain.

Aveuglé par la luminosité, il plisse violemment les yeux et s'empresse de la baisser au minimum avant de consulter l'heure.

1h du mat'.

Il laisse retomber son bras en soupirant, puis sa main vibre. Un sourcil levé, il ramène l'écran devant lui. Sa bouche s'entrouvre alors qu'il lit le nom qui s'affiche. Sans attendre, il ouvre le message.

Maxime : Je ne t'ai pas revu depuis la soirée d'intégration. Tu m'esquives ?

Nevio : J'ai pas mal de trucs en tête en ce moment.

Maxime : Du genre ?

Il souffle. Encore une autre personne à qui il faut cacher la vérité. Nevio doute encore d'avoir fait le bon choix en mettant Jenny et Safira dans la confidence, surtout après ce qui s'est passé pendant la séance de spiritisme. Rajouter Maxime dans la boucle est typiquement ce que Jenny appellerait une « fausse bonne idée ». Mais comment construire un rapport sans franchise ? Ou confiance ?

Il va falloir que je passe la deuxième, sinon je vais finir comme Jenny et Thibault. Ou pire, aux oubliettes.

Nevio : J'ai besoin de me vider la tête. Ça te dit de venir au ciné avec moi ?

Il repose son téléphone contre sa poitrine agitée. Son ventre se noue d'anticipation. Il ferme les yeux en sentant la vibration contre son plexus, et relève le portable devant lui.

Maxime : Négatif

— À quoi je m'attendais ? Ça fait un moment que je ne lui ai pas donné l'heure.

Maxime : Je préfère qu'on aille à la salle, c'est plus intéressant.

Un sourire naît sur son visage.

Tu m'étonnes que c'est plus intéressant.

Maxime : Après-demain. T'es chaud ?

Chapitre 25

Sans un mot, il fait signe à Safira et Jenny d'entrer alors qu'il ouvre la porte.

— La vache, Nev !

Jenny lâche son sac sur le seuil et se précipite vers lui, inquiète. Il s'échappe vivement de ses mains, et elle se fige un instant.

— Je comprends mieux pourquoi tu n'as pas voulu te pointer au bahut, constate Safira. Ça aurait été difficile d'expliquer l'œil au beurre noir aux autres.

Nevio se contente de refermer la porte derrière elles, la tête basse. Elles l'observent d'un air dubitatif. Il enfonce une main dans la poche arrière de son jean et en sort deux bagues.

— Ce sont des talismans, révèle-t-il. Ça devrait vous protéger quand je ne suis pas dans les parages.

Les cernes lui mangent les pommettes. Sa bouche ne s'incurve plus de cette façon particulière. Il est l'ombre de lui-même.

Elles acceptent leurs talismans et l'enfilent à leurs doigts en le remerciant d'un signe de tête et en s'interrogeant du regard. Au fond, elles n'ont aucune idée de ce qu'il traverse. La découverte de l'histoire magique de sa famille ; l'éveil de pouvoirs qui ne lui étaient pas destinés ; une déesse qui envoie une ombre maléfique à ses trousses… Il est clair que ce n'est pas ainsi qu'il avait imaginé son entrée au lycée. Sans oublier qu'à chaque attaque, c'est lui qui en ressort le plus amoché. Il n'a pas une seconde pour souffler.

— Bonsoir, les filles.

Anya descend de l'étage, souriante. En arrivant dans le hall, elle pose une main délicate sur l'épaule de son fils.

— Installez-vous dans le salon. Je vais faire du thé.

Leurs regards glissent vers Nevio, qui paraît se renfermer à vue d'œil. Anya les encourage d'un signe de tête. Elles obtempèrent sans poser de questions.

Anya apporte le service à thé, dispose devant tout le monde une tasse en porcelaine fumante et glisse un coup d'œil à Nevio, qui s'est mis en retrait sur son pouf entre l'oiseau de paradis et la télé. Elle repart dans la cuisine, puis revient avec une assiette de macarons de toutes les saveurs qu'elle place au centre de la table.

— Merci Anya, disent-elles en piochant chacun un macaron de la boulangerie d'Anya.

Elle leur sourit, s'agenouille par terre sur le tapis perse et porte son thé au jasmin à ses lèvres en fermant les paupières.

— Bois ton thé pendant qu'il est chaud.

Nevio fait mine de ne pas comprendre à qui elle s'adresse. Il n'a aucune envie de sortir de sa tête. Et pour quoi faire d'ailleurs ? Dès qu'il entre dans la réalité, c'est pour se faire tabasser. Il en a sa claque, et il aimerait qu'on lui foute un peu la paix.

Sa mère repose sa tasse bruyamment sur sa soucoupe.

— Elles sont venues pour toi, Nevio. Ne te renferme pas.

Lorsqu'il balaie le salon du regard, il se rend compte des expressions qui barrent le visage de ses amies.

— N'oublie pas, il faut rester unis, dit-elle d'une voix insistante.

Une pointe de culpabilité lui noue la gorge. Dorénavant, Safira et Jenny sont mêlées à cette histoire, et quelque part, c'est sa faute. Il a beau être dépassé, il n'a pas le droit de les mettre de côté, car elles auraient pu l'abandonner à son sort à la première difficulté. Mais elles ne l'ont pas lâché. Pas une seule fois.

Réprimant un soupir, il se rapproche de la table basse avec son pouf, puis prend un carré de sucre. Anya hoche la tête avec satisfaction. Il remue son thé avec sa petite cuillère, meublant ainsi le silence qui s'installe à la table.

— Je refuse qu'il s'en prenne à vous, chuchote-t-il sombre.

La table s'agite. Jenny immobilise immédiatement le genou de Nevio.

— Tu crois que ça va l'arrêter ?

Elle se tourne vers lui.

— Que tu le veuilles ou non, on est dans le même bateau, Nevio.

— Et on ne t'en veut pas, complète Safira. Mets-toi ça dans le crâne.

— On va trouver une solution. Ensemble.

Il accueille leurs mots rassurants et regarde le plafond pour retenir les larmes qui lui brûlent les yeux, avant de souffler un grand coup.

Anya les étudie avec attention.

— Vous avez dit que l'ombre…

— Umbra, précise-t-il.

Anya opine du chef.

— Vous avez dit que *Umbra* est apparu lors de la pluie d'étoiles. C'est bien ça ?

Ils confirment d'un signe de tête.

— Que savez-vous d'autre sur lui ?

— Qu'il craint la lumière, répond Jenny en désignant Safira.

— Je confirme, dit Nevio encore touché par son dernier combat.

— Et d'après nos recherches, on suppose qu'il est un serviteur de la déesse d'Aelara envoyé pour s'emparer de…

Jenny s'interrompt en se mordant la lèvre, sans oser regarder Nevio.

— De moi, achève-t-il d'une voix neutre.

Anya prend sa tasse, laisse le thé réchauffer ses paumes avant de boire une gorgée, pensive.

— Anya, je ne comprends pas, murmure Safira.

— Quoi donc, Safira ?

Safira repose la moitié d'un macaron à la vanille sur sa soucoupe.

— Pourquoi Umbra est capable de se manifester en plein jour ? Il a attaqué pendant la soirée d'intégration, à la rentrée du lycée… Comment ça se fait ? Les ombres ne sont pas censées craindre la lumière ?

Anya repose sa tasse vide sur le plateau.

— Les ombres ne sont pas que ténèbres ; elles ont besoin de la lumière pour exister. Elles la détournent pour s'en nourrir. C'est pour ça qu'Umbra peut se manifester en plein jour.

— Donc elles ne peuvent pas survivre dans le noir absolu ?

Anya secoue la tête.

— Sans lumière à altérer, Umbra cesserait d'exister. Inversement, s'il y a trop de lumière.

Nevio se rejette dans son pouf, croisant les bras derrière sa tête.

— Le noir absolu ou le soleil de plomb non-stop. Est-ce qu'on a d'autres solutions impossibles et déprimantes en réserve ?

Jenny baisse les yeux. Safira triture le piment en pendentif autour de son cou. Et Anya s'efforce de garder le dos droit.

Bravo, Nev. T'as mis tout le monde mal à l'aise.

C'est plus fort que lui ; il en veut à la terre entière. La liste des personnes menacées s'allonge à chaque apparition d'Umbra, et il a conscience de ne pas être assez fort pour toutes les protéger. Il saute les cours d'arts martiaux, il s'absente au lycée, sa carte d'abonnement au *Deity Lab* serait tout aussi utile à la poubelle. L'amertume le ronge, mais surtout, la solitude. La terreur ne quitte jamais son ventre. Désormais, chaque angle de rue, chaque ombre, chaque mouvement lui donne la tachycardie. Sa souffrance le déstabilise terriblement. Ainsi il intériorise, craignant de faire peser ses sentiments à ses proches.

Cependant, plus le temps passe, plus Nevio oublie comment sortir de sa tête.

— … ce que vous décrivez n'est pas une simple créature qui se matérialise.

La voix de sa mère le ramène en plein milieu d'une conversation dont le début lui a de toute évidence échappé.

— Ouvrir un portail entre deux mondes requiert

une quantité de pouvoir phénoménale, poursuit Anya. À ma connaissance, personne n'a jamais réussi un tel exploit sans une ancre.

Il écarquille les yeux.

— Une ancre ?

Anya hoche la tête lentement.

— De bateau ? tente-t-il.

— Mystique, corrige Anya. Un portail mystique sur Terre qui permettrait à Umbra de venir dans notre monde. La pluie d'étoiles est un évènement céleste qui a affaibli le voile entre nos dimensions. Aelara a sûrement profité de ce mouvement d'énergie.

— Comment ça ? demande-t-il, perplexe.

— Je pense qu'Umbra est une créature nouvelle créée par Aelara lors de la pluie de météores. S'il était ancien, on n'aurait pas été capable de le repousser et tu ne serais plus en vie, Nevio.

Il pâlit.

— Il est également possible qu'Aelara se soit appuyée sur le bouleversement cosmique des étoiles pour lui faire traverser le voile qui délimite nos mondes. En tout cas, ce n'était pas un hasard. Cette divinité exige quelque chose de toi, Nevio.

— Dans ce cas, pourquoi Aelara n'est-elle pas venue elle-même ?

Elle caresse son menton de son index, méditant un instant sur sa question, puis :

— Je doute qu'elle ait la puissance nécessaire pour venir sur Terre. Personne n'a jamais fait ça. L'enveloppe charnelle requiert plus de force que la manipulation énergétique. Aelara a probablement glissé une partie de son énergie sur Terre à travers Umbra. Mais il lui fallait une ancre mystique, pour ouvrir et stabiliser le lien entre son monde et le nôtre.

Jenny examine un macaron à la pistache qu'elle fait tourner entre ses doigts.

— Et cette ancre… elle est encore là, j'imagine ?

Anya acquiesce.

— Et qu'est-ce que ça peut être ? Un lieu ? Un objet ? Une personne ?

— Tout est possible, lui répond-elle. Mais il faut que l'ancre soit puissante et pleine d'énergie pour garder le passage ouvert. Comme Aelara ne l'a pas encore traversé, cela signifie qu'elle peine à le maintenir en place.

Safira se renfonce dans le canapé et croise les bras sur sa poitrine.

— En gros, Umbra peut circuler librement parce qu'il n'a pas d'enveloppe charnelle, et faire ce qui lui chante parce qu'il est un fragment du pouvoir d'Aelara… Merveilleux.

— C'est à se tirer une balle, marmonne Nevio. On doit à la fois gérer une divinité et sa brèche entre nos deux mondes.

— Je commence sérieusement à détester cette ville, bougonne-t-elle.

— Anya, les coupe Jenny, les récentes attaques sur les pontebellusins sont liées à Aelara ?

Des nuages commencent à couvrir les étoiles, et Anya plisse le front.

— Ce n'est pas impossible, Jenny.

— Mais dans quel but ? Pourquoi attaquer les pontebellesuins ? insiste-t-elle.

Appuyant ses mains sur ses cuisses, Anya se lève et se dirige vers le mur, sans lui répondre. Elle appuie sur un interrupteur, et le mur derrière Nevio coulisse, laissant apparaître un énorme secrétaire en ébène. De riches motifs floraux sont incrustés dans la porte à rabat noirâtre, tandis que des lignes en bronze tracent l'arête du meuble, dessinant de délicats piliers corinthiens.

Ignorant l'expression béate des filles, Anya traverse

le salon et fait tourner la clé dorée qui se trouve déjà dans la serrure de la porte du secrétaire, puis l'ouvre comme un pont-levis. Elle pose la main à plat sur le cuir du bureau et parcourt la surface texturée d'un geste sûr.

Anya se fige, presse le bois.

Clic.

Elle plonge la main dans un tiroir dissimulé et attrape quelque chose que le trio ne parvient pas à distinguer. En silence, Anya fait volte-face, abandonnant le meuble béant, et retourne vers l'interrupteur d'un pas hâtif. Elle se tourne une dernière fois vers le ciel bas, puis, le salon plonge dans le noir.

— Maman ?

Des bruits de pas répondent à Nevio. Son cœur s'emballe quand il repère quelque mouvement dans l'obscurité. Le clair de lune implacable strie la table en bois, alors que la pluie commence à pianoter contre les carreaux.

— Anya ? lance Safira, un trémolo dans la voix.

Nevio tourne la tête à droite, puis frôle la crise cardiaque. Anya a repris sa place autour de la table, comme si elle ne l'avait jamais quittée, avançant son visage avec une lenteur angoissante dans la lumière froide de la lune. Ses mains s'activent sur ses genoux. Un bruit de frottement s'insinue sous la table.

Nevio se penche pour mieux voir, et elle le fusille du regard.

Une seconde passe. Deux secondes…

Qu'est-ce qui lui arrive ?

Le bruit de frottement cesse. Anya pose une bougie sur la table et l'allume. Jenny suffoque.

— Pitié, non…, lâche-t-elle.

La flamme de la bougie révèle enfin l'origine du frottement, éclairant les cartes qu'Anya bat frénétiquement sous la table. Comprenant alors ce qui se passe, Nevio pose une main sur le poignet de Jenny et le presse doucement pour la rassurer.

Sa mère n'est pas possédée. Enfin, pas tout à fait.

La première carte s'abat sur la table dans un bruit sourd. Anya prend une longue inspiration.

— La Lune, déclare-t-elle. Les illusions, l'inconnu, les ombres cachées dans la lumière. Samhain approche…

Safira ouvre la bouche pour parler, mais se ravise en voyant le regard de Nevio.

Deuxième carte.

— Le Diable : manipulation, tentation, peur.

Elle jette un regard circonspect à son fils.

— Nevio, quelque chose t'attire et cherche à t'entraîner dans des eaux viscérales.

Troisième carte.

— La Mort.

Le trio déglutit.

— Quelque chose va s'éteindre pour laisser place à…

Elle s'interrompt dans son élan et fronce les sourcils.

— À quoi, maman ?

— Je l'ignore, dit-elle, l'œil grave.

Nevio tousse alors que sa salive se coince dans sa gorge. Le tapis oriental sous la table basse semble onduler sous lui. L'instant d'après, son cœur a un loupé alors qu'il a l'impression de tomber dans un puits où il n'est possible de se raccrocher à rien. Il se courbe sur son pouf, agrippe sa poitrine d'une main, tandis que sa bouche cherche désespérément l'oxygène.

— Nev ?

De petites étoiles noires piquent son champ de

vision avant de l'envahir complètement.

Trou noir.

Chapitre 26

— Arrêtez de me regarder comme ça.

— Tu n'aurais pas dû venir au lycée, rouspète Jenny.

— Elle a raison. Il valait mieux que tu te reposes dans ton lit, Nev. Tu t'es quand même évanoui deux jours de suite…

Il s'allonge dans le gazon au pied du grand tilleul, la tête dans les pâquerettes, et s'abîme dans le ciel cotonneux d'automne.

— Si vous le dites.

S'il n'arrive pas à se remettre d'un évanouissement, comment compte-t-il affronter Umbra ? Sans oublier une déesse en exil qui n'attend qu'une chose : s'emparer de son pouvoir ? La dernière carte hier n'a peut-être pas été assez claire hier. Néanmoins, impossible de se tromper sur les deux précédentes : les ombres avancent et ses peurs le rongent.

Pour l'instant, il n'a pas trouvé le moyen d'éliminer Umbra, mais travailler sur ses angoisses est dans ses cordes. Or, sauter tout le semestre va à l'opposé de cette initiative. Du reste, il a déjà séché les cours hier. Non, il ne doit surtout pas se terrer chez lui – dans l'ombre – car c'est exactement là qu'Aelara le veut.

De toute manière, Umbra peut l'atteindre n'importe où. Même si sa mère a renforcé la barrière autour de la maison, ils se battent contre une déesse ; rien ne garantit que la barrière magique fasse le poids.

Nevio se sent épuisé face à ce simple constat.

— C'est quoi Samhain ? demande Safira.

— Samaquoi ? grimace Jenny.

— « Samhain approche ». C'est ce qu'Anya a dit hier en tirant les cartes.

Sans se détourner de la grisaille qui charge le ciel, Nevio répond :

— Halloween. C'est une ancienne fête celtique, qui célèbre la fin des récoltes et le début de l'hiver. Dans le monde mystique, c'est le moment où le voile entre les mondes s'affine.

Safira bondit sur ses pieds.

— Mais ça veut dire que…

— Oui, confirme-t-il. Un autre évènement cosmique se prépare. On a de fortes chances d'assister à un cauchemar.

— Mais c'est dans quelques semaines, s'égosille-t-elle en agitant les bras. On n'est pas prêts !

— Pas du tout même, plussoie-t-il.

Elle le fixe avec sidération.

— Et ça ne te fait rien ?

Elle est sérieuse ?

Nevio se redresse brusquement.

— Qu'est-ce que tu veux que ça me fasse, Safira ? J'ai affronté Umbra trois fois. Et trois fois, je me suis fait rétamer. C'est un miracle que je m'en sois sorti vivant. Vu ma poisse, je m'attends à fêter Halloween dans un brancard !

Ses doigts agrippent la terre alors que sa poitrine se soulève et qu'il la fixe avec des yeux exorbités.

Évidemment que je suis terrifié, putain !

Mal à l'aise, elle s'apprête à poser une main sur son bras, mais se rétracte en le voyant ravaler un sanglot. Elle laisse sa main en suspens, désarmée. Elle n'a pas l'habitude de le voir aussi abattu. Depuis hier, elle ne sait plus par quel bout le prendre. Non. En fait, depuis la soirée d'intégration dans la forêt, lorsqu'ils sont tombés sur Umbra. Quelque chose a changé en lui ce soir-là. À moins que ce ne soit sa vision de lui qui ait changé. Le Nevio qu'elle connaît n'a rien à voir avec ce mec aux poches sous les yeux et constamment à cran. Ce sont ses pouvoirs, cette foutue destinée, qui lui empoisonnent l'existence.

Si seulement c'était tombé sur elle, pourvu que lui ait été épargné…

— On va patrouiller ce soir.

Ils regardent Jenny qui vient de s'exprimer.

— Si on n'agit pas, Nev va finir cinglé. Et comme vous, je suis convaincue qu'un grand évènement nous attend à Halloween. Tu as besoin de te réapproprier ta vie, Nev. C'est ton destin ; n'en sois pas spectateur. On ne va pas attendre qu'Umbra te donne la chasse, c'est nous qui irons à lui.

Un instant, il la considère avec des yeux comme des soucoupes.

Quand s'est-elle autant endurcie ?

— Je suis partante, acquiesce Safira.

Il inspire un grand coup, ému de les voir se tenir à ses côtés. Une détermination s'infiltre sur ses traits, et il opine du chef. À cet instant, une secousse lui chatouille la cuisse droite. Il se tortille et cherche à extraire son portable de sa poche.

Maxime : On se voit toujours dans une heure au Deity Lab ?

— J'ai oublié mon rencard avec Maxime, chuchote-t-il, abasourdi.

— Ton *quoi* ? s'écrie Safira.

— Petit cachotier, tu comptais nous le dire quand ?

Nevio leur adresse un signe de la main, alors qu'il se lève.

— Je vous expliquerai plus tard. Je dois filer.

— Donc on reporte la patrouille ? lance Jenny.

— Non, c'est toi qui as raison. Il faut que je reprenne ma vie en main, si je ne veux pas me faire bouffer par mon destin.

Celle-ci hoche la tête, visiblement satisfaite.

— La fontaine. Vingt heures, lance-t-il avant de

mettre ses écouteurs et de partir à toutes jambes chez lui pour aller faire son sac de sport.

Chapitre 27

Nevio s'éponge discrètement le front du revers de la manche.

Pourquoi je sue comme un porc ? On est en automne !

— Déjà en nage alors qu'on ne fait que marcher ?

Et Maxime l'a remarqué. Génial.

— Pour être honnête, j'ai failli être à la bourre, admet-il, la mine contrite.

Maxime lève un sourcil.

— Dis plutôt que tu avais oublié notre rendez-vous.

Aïe.

— Je suis là, non ? réplique Nevio avec insolence.

La voix de contralto de Maxime réveille toujours les papillons dans son ventre, et il accueille le doux frisson qui le parcourt. Alors que le soleil descend plus bas sur les tuiles en terre cuite de Pontebellusin, les grillons entament leur sérénade entre les broussailles. Une mésange bleue passe entre eux et va se poser sur la branche du saule pleureur. Nevio ralentit alors qu'ils commencent à traverser le Ponte Obscurum, et son pouls s'agite.

— Je ne sais pas pourquoi, mais cet endroit me fait le même effet chaque fois que j'y passe.

Nevio glisse un regard à Maxime :

— Quel effet ?

— On dirait que le temps s'arrête.

Nevio balaie le panorama du regard, attiré par la promenade, qui s'envole vers le clocher, avant de croiser les pupilles magnétiques de Maxime. Le temps se suspend.

Bon sang, ses yeux bleus sont un piège.

Il se racle la gorge, secoue légèrement la tête.

— Tu as dit que vous étiez des nomades dans ta famille, mais on ne peut pas dire que ce soit le centre de l'univers. Alors qu'est-ce qui vous amène avec tes parents ?

Maxime hausse les épaules.

— Mon père a trouvé un boulot dans la ville voisine. Pas très intéressant, hein ?

Nevio laisse échapper un rire.

— Non, je confirme. Mais je vais éviter de me moquer, parce que je ne suis pas un grand aventurier non plus.

— Un pontebellusin endurci ?

— *Natif*, monsieur. La seule fois où j'ai été au-delà de mes montagnes, c'était pour voyager en Italie.

— Tu ne fais pas les choses à moitié. Tu as de la famille là-bas ?

Nevio hoche la tête.

— Ma famille est de Rome, confesse alors Maxime, un sourire énigmatique aux lèvres.

— Oh.

Cela pourrait expliquer sa gueule d'ange.

— Nevio ?

Il se tourne vers Maxime.

— Je ne veux pas jouer aux flics, mais tu comptes m'expliquer d'où vient ton œil au beurre noir ?

Nevio déglutit et balance la première chose qui lui vient à l'esprit.

— Au taekwondo. L'entraînement était un peu costaud et j'ai… pris cher.

Le visage de Maxime se durcit alors qu'il hoche la tête sans rien ajouter.

Est-ce qu'il m'a cru ?

✦

Debout, dans la lumière qui élime la baie vitrée, Maxime soulève les haltères sans effort. Son souffle se cale sur la contraction de ses biceps. Chaque mouvement met en valeur son torse recouvert d'une fine pellicule de sueur. Nevio doit se faire violence pour ne pas le dévorer des yeux. Ce mec est à tomber. La musique joue dans les enceintes, mais Nevio s'en moque. Il contemple Maxime, qui retire son tee-shirt avec une grâce presque animale. Et les vagues dorées de son abdomen s'accaparent tous ses sens.

L'horloge de la salle affiche que trois quarts d'heure se sont écoulés.

Hein ? Qu'est-ce que j'ai foutu pendant trois quarts d'heure ?

Il se rappelle vaguement être monté sur le tapis de course. Mais à part ça, c'est le néant. Nevio ferme brièvement les yeux. Maxime dégage une chaleur, qui le plonge dans un bain sensoriel. Sa rétine s'épingle sur les cristaux de sel qui se forment à la surface de la peau en relief de Maxime. Il s'humecte les lèvres, retenant l'instinct qui lui siffle d'aller les recueillir avec sa langue.

— Je reviens, souffle Nevio.

Il fonce en direction des vestiaires, pousse la porte et s'appuie sur le premier lavabo qu'il trouve. Il ventile comme s'il avait couru le marathon, la tête entre ses bras.

— Merde, c'était intense.

Ici, l'air est frais. Vide. Il n'y a personne à part lui. Il ouvre sa cage thoracique, gonfle ses poumons d'air et souffle longuement. Relevant la tête, il actionne l'eau pour se mouiller le visage, puis la nuque. Il s'appuie un instant sur le lavabo, savourant la fraîcheur sur sa peau. En redressant la tête, il se retrouve nez à nez avec son reflet, et celui d'une silhouette dans son dos. Il se retourne vivement et se cramponne au lavabo.

— Je t'ai vu plus endurant que ça, Nevio.

Dressées comme un rempart devant lui, deux prunelles le sondent. Nevio est forcé de s'incliner en arrière alors que Maxime tend un bras par-dessus son épaule pour s'appuyer contre le mur carrelé des vestiaires. Coincé dans un mélange de sueur et d'haleine mentholée, Nevio a la sensation que l'espace rétrécit autour de lui. C'est à la fois gênant et délirant. L'air s'électrise. La tension entre eux se déséquilibre et prend une tangente dans laquelle Nevio meurt d'envie d'aller. Le froid du lavabo ne suffit plus à l'ancrer dans le présent. Le défi qu'il lit dans l'œil intense de Maxime lui donne le tournis. Son ventre se lance dans un enchaînement de gymnastique incohérent.

— Quoi ? On a perdu sa langue ?

Sa voix grave fait frémir les méninges de Nevio, qui ferme les paupières un instant. Nevio se redresse d'un coup, réduisant la distance entre eux, et effleure ses lèvres. Il discerne la surprise sur le visage de Maxime, ainsi qu'une lueur sombre au fond de sa pupille. Son sang se dérobe. Maxime incline légèrement la tête, entrouvre la bouche. Il semble hésiter. Puis il inspire brusquement avant de quitter son espace personnel comme si on l'avait brûlé. Nevio retrouve l'usage de ses poumons, un peu à regret.

— J'ai une surprise pour toi, dit Maxime. J'ai réservé une table au restaurant italien ce soir. J'espère que tu auras retrouvé ta voix entre-temps.

Merde.

— Vu ta tête, j'imagine que je me suis carrément planté.

— Non, non ! s'empresse de clarifier Nevio.

J'adorerais me faire un ita… un restaurant italien, bafouille-t-il, tout rouge.

Putain, Nev, concentre-toi.

— Mais…?

Nevio affiche une moue.

— Mais j'ai prévu de voir les filles ce soir, admet-il à regret. Je suis désolé.

Nevio relève les yeux vers lui. Sa poitrine se serre légèrement.

— Tu m'en veux ?

Maxime fait non de la tête.

— Pourtant, on dirait.

— J'avais seulement espéré qu'on aurait eu la soirée pour nous.

Je déteste ma vie. La bombe en face de moi a prévu toute une soirée romantique. Et moi, j'envoie tout valser pour aller chasser des ombres dans Pontebellusin. On dirait une mauvaise blague.

Avant qu'il ajoute quoi que ce soit, Maxime se détourne déjà en direction des douches.

— Maxime, je…

— T’en fais pas, Nev.

Il balaie ses justifications d’un geste de la main.

— C’est ma faute, fait-il résigné. J’aurais dû te prévenir au lieu de jouer les romantiques.

Nevio a envie de hurler.

Chapitre 28

La nuit est pratiquement opaque. Les lampadaires éclairent jalousement les ruelles désertes. L'humidité qui sature le mois d'octobre s'infiltre sous les vêtements de Nevio, jusqu'à lui en donner la chair de poule. Il ne s'est toujours pas remis de son moment avec Maxime, ni de son refus de poursuivre leur rendez-vous au restaurant italien. Il serre les dents en repensant à la déception qu'il a interceptée sur son visage émacié. Enfonçant les mains dans ses poches, il presse le pas en se courbant.

— On dirait qu'il va pleuvoir.

Et il n'a pas pris d'imper.

Bien joué, Nev. T'en rates pas une ce soir.

Alors que ses baskets martèlent l'asphalte, son cerveau n'arrête pas de le tourmenter, pris entre deux mondes. Celui qu'il a quitté et celui qu'il est en train de rejoindre. Cette transition sans rideau lui donne mal au ventre et la frustration le ronge. Assumer ses responsabilités au détriment des plaisirs.

Si c'est la vie d'adulte, ça craint.

Les arbres du parc municipal jettent des ombres obliques sur le sol, outrepassant le grillage métallique vert. Le tourniquet grince, poussé par le vent, qui fait tomber les premières gouttes de pluie en travers du toboggan. Nevio relève le col de sa veste en jean et rentre la tête dans les épaules, cherchant à se protéger de la bruine. Sa salive se coince dans sa gorge, et sa nuque le démange. Ses poings se serrent dans ses poches. Il longe le parc d'un pas déterminé, s'efforçant d'ignorer l'impression grandissante d'être observé.

Il plisse les yeux, puis ralentit. Deux silhouettes attendent près de l'entrée du parc.

— Tu arrives drôlement à l'heure, Nev, balance Jenny.

Il se plante devant Jenny et Safira, mais ne répond pas. Malgré le grand détour qu'il a fait pour se dégourdir les jambes et l'esprit, il n'a pas réussi à se débarrasser de la frustration et du sentiment d'injustice qui lui bouffent le cerveau.

Il relève le nez, étudie l'expression sur leur visage et fronce les sourcils. Il déteste que sa nouvelle vie l'oblige à renoncer à certaines choses. Néanmoins, il déteste encore plus qu'elle entame sa personnalité. Il refuse de lire cette gêne sur les traits de Safira et Jenny. Elles ne l'ont jamais pris avec des pincettes, ce n'est pas aujourd'hui que ça va commencer.

— Maxime avait prévu de m'emmener au restaurant ce soir.

La pluie comble le silence qui s'installe au sein du trio.

— S'il s'intéresse vraiment à toi, ce n'est que partie remise…

Un rire sec échappe à Nevio.

— C'est bien ça le hic, Jenny. Ce mec s'intéresse vraiment à moi. Il ne fait que m'envoyer des signaux, et moi, je ne fais que le repousser.

— Ce n'est pas ta faute, tente de le réconforter Safira.

— Les faits sont là : il me court après. Personne n'aime ça.

Il lance ensuite un regard entendu à Jenny, qui comprend l'allusion à sa relation avec Thibault.

— D'ailleurs, je ne pige vraiment pas pourquoi il s'obstine, continue-t-il. Si on me plantait alors que j'organisais un dîner surprise, aucune chance pour que je redonne l'heure au type.

— Il s'obstine parce qu'il a vu, comme nous, que tu es un mec exceptionnel. Jenny a raison, ce n'est sûrement que partie remise.

Il pousse un soupir.

— Même si ce n'est que partie remise comme vous dîtes, ça va forcément coincer. Je me cache de lui ; je ne peux pas lui révéler mon identité. Je ne suis déjà pas certain d'avoir bien fait en vous ayant mises dans la confidence.

Elles l'observent, prises au dépourvu. Il secoue la tête en claquant la langue contre son palais.

— Pas parce que je ne vous fais pas confiance, les filles. Mais parce que j'ai l'impression de vous avoir davantage mises en danger. Regardez-vous, sérieux.

Il les désigne d'un geste ample.

— Vous avez autre chose à foutre que de passer la soirée avec moi à chasser des ombres.

— Nev, on était d'accord. C'était notre décision de t'accompagner dans tout ça.

— Ça ne veut pas dire que je suis en paix avec cette décision, Saf.

Il porte son regard sur les grands hêtres bordant l'enceinte du parc qui gondolent sous la pluie. Autrefois, marcher sous les étoiles, dans le silence paisible de la nuit, l'aidait à se dénouer. Désormais, la nuit n'éclaire plus ses pensées.

— C'est mon fardeau. Pas le vôtre.

Il les regarde fixement.

— Je vous connais depuis toujours, et je n'accepte toujours pas que vous soyez impliquées. Comment voulez-vous que j'impose ça à Maxime ?

Il sent une boule se former dans sa gorge et lève aussitôt les yeux vers le ciel, qui se referme progressivement au-dessus de la ville. Le mélange d'humidité et de stress colle son tee-shirt blanc à sa peau. Nevio capte son reflet dans une des flaques formées dans les irrégularités du trottoir. Derrière son visage assombri, la lumière d'un lampadaire clignote dans le reflet.

Il lève la tête, et le lampadaire rend l'âme. À une dizaine de mètres, un autre menace de s'éteindre à son tour.

— C'est moi ou il fait plus froid ? demande Jenny en se frictionnant les bras.

— Chut.

Un doigt sur sa bouche, Safira inspecte les alentours. L'ampoule du lampadaire grésille une dernière fois puis lâche.

— Qu'est-ce qui se passe ? tremble Jenny.

Tout à coup, les lumières qui entourent le parc municipal s'éteignent les unes après les autres comme des dominos, plongeant le parc dans l'obscurité.

— Courez ! s'exclame Nevio.

Un vent glacial soulève les feuilles mortes à l'angle d'où vient Nevio, formant un tourbillon strident. Un brouillard semble s'épaissir. Nevio prend les filles par la main et se met à détaler. Son cœur cogne dans sa cage thoracique. Ses méninges partent dans tous les sens, tandis que le paysage se modifie dans sa vision périphérique.

Il me faut un plan !

Ses pupilles s'agitent dans ses orbites alors qu'il cavale, puis il entrevoit de la lumière.

La vieille ville. Il faut qu'on atteigne la vieille ville.

L'irrégularité des pavés remplace la surface lisse du bitume sous ses pieds. Il réalise qu'ils sont au Ponte Obscurum. Il ne se retourne pas. Continue. Le regard droit devant lui. Au bout de quelques instants, il sent les muscles de Jenny se raidir et la panique dans le souffle de Safira.

Elles ne vont pas tenir jusqu'à la vieille ville.

Il inspire, ferme les yeux et s'immobilise de l'autre côté du pont, entrant dans le carré de lumière que la lune projette sur les pavés séculaires. Nevio pousse un long soupir, rassemble ses forces, s'apprêtant à faire face à la menace qui les poursuit.

À nous deux, Umbra.

Il a un hoquet de stupeur. Aucun œil rouge ne le fixe avec malveillance. De l'autre côté, une énorme masse noire flotte au-dessus des pavés. Et une odeur nauséabonde charge l'air.

— C'est quoi ce truc ? s'écrie Jenny en plaquant une main sur sa bouche.

Pétrifié, Nevio fixe les gouttes, qui se détachent de ce nuage noir putride et s'évaporent comme en plein désert. Pas de membres. Pas de visage. Juste une masse noire avec un trou béant.

— On dirait un gros ver, commente Safira, répugnée. C'est quoi ce qui brille dans sa…

Les yeux de Nevio font le point.

— Des crocs, dit-il sourdement.

Une rangée de poignards noirs luit dans la gueule de la créature. Elle semble attendre, faisant du sur place.

Ce n'est pas Umbra.

À la seconde où Jenny fait un pas en avant, un hurlement strident fend l'air, les obligeant à se boucher les oreilles. Quand le cri s'arrête, Nevio écarquille les yeux.

— Jenny, recule !

Il n'a pas le temps de s'interposer que l'air vibre autour d'eux, et un rayon lumineux jaillit en direction de la créature, qui esquive en glissant en arrière. Un grondement sourd roule alors dans la ville comme un coup de tonnerre. Jenny et Nevio se retournent vers Safira, qui a pénétré le carré de lumière. Ils fixent le rai lunaire, qui ricoche sur le talisman autour de son doigt. Safira affiche la même expression de choc que ses amis.

Un grognement interrompt leur stupeur, et ils se détournent rapidement. Plus loin, la créature ouvre sa gueule, laissant entrevoir des crocs terrifiants, et revient à la charge. En suffoquant, Safira ne réfléchit pas ; elle serre le poing et vise la créature, qui esquive à nouveau. Elle ferme alors un œil, ajuste son tir et touche la créature, la repoussant sur plusieurs mètres.

Cette fois, toute son attention est braquée sur Safira alors qu'elle revient à l'assaut. Un autre rayon lumineux jaillit. Joignant son point à celui de Safira, Jenny braque la lumière de sa bague sur la créature, qui est stoppée net par la barrière. La force de l'impact fait résonner les pierres du Ponte Obscurum.

Le front en sueur, les filles grimacent en se

cramponnant à leurs propres poignets pour résister à la créature, qui s'obstine à charger leur barrière comme un bélier.

— Pourquoi la lumière ne la détruit pas ? s'étrangle Jenny.

— C'est une ombre ! répond-elle. Rappelle-toi ce qu'a dit Anya.

Soudain, le monstre se presse contre la barrière lumineuse, et Jenny suffoque.

— Nos talismans ne sont que des protections. Il nous faut une arme !

Nevio s'avance, ferme les yeux et ouvre les paumes le long de son corps, cherchant le pouvoir qui sommeille en lui. Une énergie répond à son appel. Une énergie qui n'appartient pas aux éléments de la Nature.

Son cœur s'arrête, et il ouvre brusquement les yeux. Une gerbe de pouvoir éclot dans sa poitrine, et un réseau énergétique se déploie dans son être à travers ses veines. Ses pupilles chavirent, et il se laisse happer par la puissance qui raidit ses bras.

— *Sanguis ignis*, souffle-t-il.

Son sang bouillonne, ses mains s'enflamment. L'atmosphère devient étouffante. Nevio dégage une chaleur qui lui obstrue les tympans, le plongeant dans une bulle épaisse où il n'existe que lui et son énergie. La bouche entrouverte, il a l'impression que ses phalanges vont se briser sous la force qui le submerge. Tout est étouffé autour de lui. La démangeaison sur sa nuque s'accentue à mesure que la flamme grandit dans ses mains. Puis, une onde de choc secoue le pont.

La créature frémit, se rétracte en se tordant avant de pousser un sifflement terrifiant.

— Nevio… c'était toi ?

Il secoue la tête, déstabilisé.

— Je-je ne crois pas. Je ne sais pas, Saf.

Au même moment, la créature se retourne et s'enfuit à toute vitesse.

— Qu'est-ce qui vient de se passer ? chuchote Jenny. Pourquoi elle a fui ?

Éberlués, ils observent l'ombre filer.

C'est moi qui l'ai fait fuir ?

Le picotement sur sa nuque reprend, et il fait volte-face, certain d'avoir senti une présence dans son dos.

Rien.

— Nev, qu'est-ce qu'on fait ?

Il continue de fixer l'obscurité. Il secoue la tête, puis les considère un instant, le front bas.

— On rentre.

Jenny écarquille les yeux.

— Mais… et l'ombre ? bégaie-t-elle. On ne peut pas la laisser vagabonder dans Pontebellusin.

— On n'est pas armés pour la pourchasser.

— Toi, si. Elle a fui en te voyant.

Un frisson le traverse. Le pouvoir. Son corps en est envahi.

Il réalise que ses doigts sont encore tendus comme des cordes. Il les plie plusieurs fois pour évacuer la tension. Il déglutit, ravalant le goût du pouvoir qui lui est resté sur la langue. C'était une énergie puissante, addictive.

— Peut-être. Mais je ne suis pas assez fort.

Jenny s'apprête à parler, puis se ravise.

— C'est toi le chef, conclut-elle.

Il la dévisage, mais ne trouve aucune trace d'ironie sur son visage. Elle le sonde de ses yeux bleu clair, et Nevio tente de lutter contre l'étau, qui lui comprime doucement la poitrine. Son esprit dérive et sa vue se brouille. Il se pince l'arête du nez pour apaiser la brûlure de ses yeux.

Sentant son trouble, Safira intervient :

— Il faut qu'on puisse se défendre. Nos bagues ont été efficaces mais il m'a fallu beaucoup d'effort pour résister.

Jenny acquiesce.

— Il nous faut des armes.

Nevio leur tourne le dos et commence à marcher.

— Où tu vas ?

— Vous procurer des armes, répond-il à Jenny sans s'arrêter. Rentrez. On a eu assez d'aventures pour la journée.

— Et cette créature, qu'est-ce…

Safira pose une main sur l'épaule de Jenny et secoue la tête.

Nevio relève le menton, carre les épaules et continue de s'enfoncer dans la nuit, la gorge serrée.

Chapitre 29

Il s'appuie contre la porte d'entrée qu'il referme derrière lui, contemplant un instant les poutres apparentes qui fendent le plafond.

— Quelle soirée merdique.

Il secoue la tête, dépité, et se dirige vers l'escalier pour monter dans sa chambre. Il agrippe la rambarde, pose un pied sur la première marche, et se fige aussitôt. Dans la maison endormie, quelque chose oscille dans l'air. Un bourdonnement imperceptible.

Les bras de Nevio se hérissent à mesure que ses sens se mettent en alerte. Il tourne la tête et marche en direction du salon. Guidé par un instinct, sa main gauche tâtonne le mur en quête des interrupteurs, et son doigt bute sur un bouton. Il appuie dessus.

Derrière l'oiseau de paradis du salon, le mur se dérobe, et le bourdonnement s'intensifie. Comme hypnotisé, Nevio traverse le salon et atteint le secrétaire dans lequel sa mère a récupéré son jeu de tarot.

Il admire un moment le beau meuble en ébène. C'est la deuxième fois que Nevio pose les yeux dessus. La première fois, c'était l'autre soir avec Jenny et Safira, quand Anya est allée récupérer son jeu de cartes. Avant cela, Nevio n'avait jamais vu le secrétaire, ni ce pan de mur dissimulé.

Il fronce les sourcils. Sa mère a ses secrets, et il n'y a aucun mal à cela ; tout le monde en a. Cependant, quelque chose ne colle pas. Nevio sait qu'elle tire les cartes. D'ailleurs, il a reconnu son jeu de tarot habituel. Alors pourquoi ne lui avoir jamais parlé de ce secrétaire ? Est-ce qu'elle a voulu conserver un jardin secret ? Ou a-t-elle voulu cacher quelque chose ?

Il tend le bras vers la clé dorée.

Le plus silencieusement possible, il fait tourner la clé dans la serrure.

Clic.

Il abaisse la porte à rabat noire et l'intérieur du meuble dégage une odeur de mystère, de magie, qui lui fait frémir les narines. Il ouvre les tiroirs un à un, à la recherche de quelque chose qu'il ignore. Mais le bourdonnement s'entête, et une énergie fait frémir ses narines, le poussant à chercher plus frénétiquement. Est-ce qu'Anya a voulu *lui* cacher quelque chose ?

Après avoir fouillé chaque tiroir, il doit se rendre à l'évidence. Il n'y a rien à voir. Puis il se rappelle qu'elle n'avait pas ouvert de tiroir. Enfin, pas de tiroir visible. Il implore sa mémoire de lui restituer les gestes de sa mère l'autre soir. Mais son esprit est ankylosé par la déception du rendez-vous avorté avec Maxime. Puis il y a ce poids aussi. Celui qui s'est logé dans sa poitrine après les paroles de Jenny.

C'est toi le chef.

Ce ne sont pas ses paroles le problème. Non, comme l'adage le veut « les paroles s'envolent ». Nevio aurait pu oublier. C'est ce qu'il y avait dans le regard de Jenny au moment où elle les lui a dites qui le perturbe. Implicitement, et malgré lui, Nevio est devenu une espèce de leader, de guide. Or il n'a jamais voulu de ce rôle. Jamais.

Avec résignation, il s'appuie sur le secrétaire, laissant retomber sa tête contre sa poitrine.

Clic.

Il sent une pression sous ses mains moites posées à plat, s'écarte et laisse le bois s'ouvrir. Le tiroir dissimulé que sa mère a ouvert s'est enfin révélé. Au fond, Nevio aperçoit une bourse en velours bleu nuit. Il reconnaît là les cartes de tarot d'Anya. Puis son regard bifurque vers ce qui se trouve sous la bourse.

Il plonge la main et, avec mille précautions, se

saisit du manche noir d'une longue lame.

Un athamé.

À l'instant où sa paume entre en contact avec la dague, le bourdonnement ambiant cesse et Nevio accueille une vague d'énergie. L'œil brillant, il la tourne et l'inspecte sous tous les angles, l'exposant à la lumière du salon avec émerveillement.

C'est donc toi qui m'appelais…

Qu'est-ce que cette arme fait ici ? Chez lui ? Il ne l'a jamais vue. Pourquoi sa mère garde l'athamé dans ce secrétaire ? Son front se plisse. Il fait de nouveau coulisser le tiroir dissimulé, rabat la porte et ferme le secrétaire à clé sans faire de bruit. Il est évident qu'Anya ne voulait pas qu'il tombe dessus.

Il retourne alors vers l'interrupteur, appuie sur le bouton, et le secrétaire disparaît dans le mur. Il ne s'explique pas pourquoi elle lui a caché tout ceci. Mais, quelles que soient ses raisons, elles doivent être légitimes. Et pour honorer la discrétion de sa mère, Nevio a bien l'intention de taire sa découverte et de prendre exemple sur elle.

Il commence à monter l'escalier, l'athamé dans le dos.

Quand il arrive dans sa chambre, il jette sa veste en jean sur le dossier de sa chaise, puis pose la dague sur son bureau. Le bourdonnement reprend. Nevio commence à arpenter sa chambre, glissant de temps en temps un regard perplexe au poignard bruyant.

Pourquoi tu te remets à grésiller ?

En passant devant son miroir, il frémit. Ce ne sont plus des poches sous ses yeux, mais des valises. Son œil est morne, ses traits tirés, et son teint presque cireux.

J'ai vraiment une sale gueule. Je ne comprends vraiment pas ce que Maxime me trouve.

Il secoue la tête. Ce n'est pas le moment de se faire une inspection beauté. Retournant à son bureau d'un pas décidé, il attrape la dague. Le bourdonnement s'interrompt.

Nevio hausse un sourcil.

— Apparemment, tu te calmes quand je te tiens. Intéressant…

Une vague de chaleur se diffuse sous sa peau. Ses doigts se serrent davantage sur le manche de l'arme, puis il fronce les sourcils d'un air méditatif. C'est comme si l'athamé lui parlait, qu'il voulait lui dire quelque chose. Le bourdonnement s'est transformé en une énergie qui s'est immiscée sous la peau de Nevio.

Brusquement, il tire la chaise de son bureau, dépose l'athamé dans un coin et jette un œil à la photo encadrée montrant Jenny, Safira et lui riant aux éclats.

— Je ne vous laisserai pas être exposées au danger, les filles, chuchote-t-il. Comptez sur moi.

Il ouvre son ordinateur portable, le démarre, ouvre une fenêtre sur internet et tape sur son clavier. Ses pupilles parcourent rapidement les sites qui s'affichent. En quelques clics, ils trouvent ce qu'il cherche. Il lit attentivement en chuchotant :

— Comment procéder à la charge énergétique de l'athamé pour en faire une arme mystique…

Il referme son ordinateur d'un coup sec, fait de la place sur son bureau, puis jette un coup d'œil à la porte de sa chambre.

Elle a l'air de dormir.

Faisant craquer son cou et ses phalanges, il s'efforce de se libérer de la tension qui l'a accablé toute la journée, et se masse doucement la nuque. En fermant les yeux, il ouvre les épaules. Il inspire profondément et expire jusqu'à vider ses poumons totalement. Il fait le vide en lui, se laissant guider par ce que lui souffle son être. Il referme sa main sur l'athamé, qui vibre légèrement au retour dans sa paume.

Son esprit parcourt les dernières heures. La température de la chambre semble augmenter. Un début d'ivresse trouble les frontières du réel. Sans réfléchir,

Nevio brandit l'arme, la retourne contre lui et trace un sillon dans la chair de son autre main ouverte. Des perles rouges gercent sa ligne de vie. Il referme le poing, laissant s'échapper un minuscule ruisseau rubis, et le duvet sur ses bras se dresse. Un frisson remonte le long de son échine.

Insensible à la douleur, Nevio continue le rituel en psalmodiant dans une langue étrangère. Plus ancienne encore que le latin. La première goutte de sang tombe sur son bureau. Un courant d'énergie s'enroule en spirale autour de lui. Sa respiration devient plus lourde. Ses doigts se resserrent sur la lame en argent, et un rictus apparaît sur son visage désormais piqué de deux pupilles noires.

Chapitre 30

— Deux énergies semblent animer Nevio, gronde l'entité.

Sur son trône, Aelara se redresse.

— Je les ai perçues lorsque je l'ai observé affronter sur le Ponte Obscurum la Force que tu as créée. Une énergie s'aligne avec les forces que nous convoitons, mais l'autre reste une énigme. Nevio et ses amis ne sont pas aussi aveugles que tu l'espérais. Il apprend, il progresse.

L'entité se rapproche d'Aelara. Les ongles d'Aelara glissent sur son trône comme sur un tableau noir, alors que la colère gronde dans sa poitrine. Elle fixe froidement le néant qui s'étend à l'horizon.

— Sais-tu d'où provient l'autre énergie ?

— L'éther. Cette essence insaisissable n'est ni capturée par l'ombre ni dissoute dans la lumière. C'est la flamme qui dort sous les cendres des mondes. Le crépuscule incarné.

— C'est moi la maîtresse du crépuscule, grince-t-elle.

L'entité éclate de rire.

— Ton arrogance n'a pas de limites. Le pouvoir dont tu parles n'est pas à ta portée. Tu n'en maîtrises qu'un infime fragment. Ce que tu revendiques n'est pas à toi. Tu n'as fait que réveiller un héritage…

L'entité laisse passer quelques secondes.

— Je parle bien entendu de l'héritage d'Eridon, continue l'entité sur un ton sournois.

Aelara bondit de son trône. Le sol fissuré de son sanctuaire tremble alors qu'elle marche vers l'entité.

— *Je* suis l'héritage d'Eridon. J'ai anéanti tous ceux qui ont tenté de revendiquer ce pouvoir. Je suis la seule et unique maîtresse de l'éther.

— Prendre quelque chose qui ne t'appartient pas n'en fait pas de toi la propriétaire.

Peu à peu, l'air devient dense de ténèbres. Aelara regarde autour d'elle et rive alors son attention sur l'entité, qui fait trembler son sanctuaire.

— Je suis Caïus, descendant d'Aelius, fils de Mercure. Toi, en revanche, tu n'es plus rien, crache l'entité. Une étoile qui s'est éteinte. Une divinité oubliée de l'Histoire des humains. Une Déchue.

Aelara tressaille comme si on venait de lui assener une gifle au visage.

— L'héritage d'Eridon ne t'a jamais appartenu.

Aelara se raidit avant d'articuler entre ses dents :

— Aelius, le fondateur de Pontebellusin, était un imbécile. Sa puissance était à l'image de son amour : pitoyable. Contrairement à lui, je…

Tout à coup, elle suffoque.

— Surveille ton langage, menace l'entité en l'étranglant. Si tu veux exploiter le pouvoir de Nevio, souviens-toi de ta place. Je pourrais mettre fin à ton existence en un claquement de doigts. Ne me pousse pas, Déchue.

Le sang d'Aelara se glace. Elle tente de rassembler son énergie mais son royaume ne lui répond pas. Les ombres l'ont abandonnée. La respiration sifflante, elle agrippe la poigne de l'entité des deux mains, battant l'air des pieds. Dans sa frénésie, elle s'efforce de déchiffrer les traits effacés du visage tourné vers elle mais n'y parvient pas.

L'instant d'après, elle se retrouve à tousser en se massant la gorge, pliée en deux et libre, sous l'œil dédaigneux de l'entité. Prenant fébrilement appui sur son trône, Aelara recule doucement en la toisant avec un mélange de hargne et de crainte.

— Nous devons pousser Nevio à atteindre sa pleine puissance, déclare l'entité en se détournant pour déambuler dans le sanctuaire comme s'il lui appartenait. Ce n'est qu'à ce moment qu'on pourra lui arracher son essence afin qu'elle te revienne. Ensuite, tu retrouveras tes forces d'antan.

Elle pivote vers Aelara.

— Mais n'oublie pas notre marché, Déchue : je prélèverai un fragment de son essence et de celle d'Eridon.

Aelara esquisse un hochement de tête à peine imperceptible.

— Autre chose, ajoute l'entité. Le garçon a compris qu'il était lié à toi.

Aelara devient blême. La situation lui échappe totalement. D'abord, cette entité descendante d'Aelius s'introduit dans son royaume pour réclamer sa part du gâteau, et maintenant, Nevio sait pour leur lien mystique. S'il découvre l'histoire d'Aelara, cela risquerait de ruiner ses plans.

— Si son secret est menacé d'être révélé au grand jour, il plongera dans l'ombre pour se protéger, conclut l'entité. Sa résistance aux ténèbres ne sera pas éternelle. Samhain approche…

Chapitre 31

Le bruit régulier du couteau sur une planche dans la cuisine attire Nevio. En silence, il s'appuie contre le chambranle de la porte, croise les bras et observe sa mère découper minutieusement des courgettes en dés. Une ombre passe sur le visage de Nevio. Anya ne lui est jamais apparue comme quelqu'un de secret. Discrète, oui, mais pas secrète. Quand il pose le regard sur les traits doux de son visage, Nevio y lit désormais des émotions nouvelles. Des émotions qui lui échappaient, qu'il ne voyait pas – ou des choses qu'elle s'appliquait à dissimuler. Inquiétude, tristesse, parfois même de la peur. Il aimerait lui parler, ou la pousser à lui parler. Le nouveau monde dans lequel il titube depuis un moment regorge de suffisamment de mystères pour refuser de les laisser s'infiltrer sous son toit. Cependant, il n'est pas tout blanc non plus. Lui aussi, désormais, a ses secrets.

— Envie de me donner un coup de main ?

Anya lui adresse un sourire, inclinant la planche

au-dessus de la casserole pour verser les légumes de la tranche de son couteau. Nevio secoue la tête, décroise les bras et entre dans la cuisine.

— Tu t'en sors très bien sans moi, maman.

Il tire une chaise, s'assoit, cale ses coudes sur la table et appuie son menton dans ses mains, une ride entre les yeux.

— Oh, je connais cette expression. Qu'est-ce qui te tracasse, Nev ?

Il hausse les épaules, bascule contre le dossier de sa chaise en étendant les jambes sous la table.

— Tu sais, le sort pour le cercle de protection que tu m'as montré…

Elle hoche la tête en continuant d'assaisonner ses ingrédients.

— J'ai lu un truc dessus…

— Quel *truc* ?

— Apparemment, on peut le modifier pour altérer la réalité à l'intérieur du cercle.

Anya s'immobilise une seconde, avant de reprendre sa recette.

— Où as-tu lu ça, Nevio ?

Il se met à jouer avec la nappe en crochet qui recouvre la table.

— Sur internet, dit-il simplement. Par hasard.

— Par hasard ?

À la façon dont elle le scrute, Nevio a compris, et il pâlit.

Elle est au courant.

— Tu n'aurais pas trouvé autre chose *par hasard* ? continue-t-elle sur un ton soupçonneux. Quelque chose que tu aurais pris dans mon secrétaire, par exemple ?

Il s'apprête à se défendre.

— Nevio, où est l'athamé ? Qu'est-ce que tu en as fait ?

La voix sévère d'Anya le cloue sur place. Pourquoi s'énerve-t-elle ?

— Je voulais qu'on puisse se protéger, répond-il. J'ai lu un rituel sur internet, et j'ai utilisé mon sang pour…

— Tu as *quoi* ?

Aussitôt, elle devient livide, et sa voix se charge de reproches :

— Tu as fait un rituel de sang, Nevio. C'est de la magie noire !

Il plisse le front.

— Je n'avais pas le choix, maman.

— Tu avais le choix de m'en parler, rétorque-t-elle. Mais tu ne l'as pas fait, parce que tu savais ce que j'en aurais pensé.

Elle jette son torchon sur la table d'un geste agacé.

— Est-ce que c'est un jeu pour toi, Nevio ?

— Un jeu ? répète-t-il, consterné. Des ombres nous tournent autour, maman. Elles s'en prennent à mes amis, débarquent chez nous comme dans un moulin. Tu crois que je m'éclate ? Non, j'ai agi parce que je n'en peux plus de subir la volonté du « destin ».

— Ce que tu as fait est grave, tu aurais dû penser aux conséquences !

— Je pense tous les jours aux conséquences, gueule-t-il en se levant de sa chaise. Tous les jours de ma chienne de vie ! Je nage en plein cauchemar depuis que notre foutu héritage familial m'est tombé dessus !

La colère lui brûle la gorge. Il sent qu'il va dépasser les bornes, mais cette fois, la coupe est pleine. Il était prêt à respecter sa dissimulation, à comprendre, bien qu'elle lui ait caché des choses. Il sait qu'elle est animée de bonnes intentions. En revanche, elle ne lui laisse pas une seconde le bénéfice du doute et s'en prend à lui. Il voit rouge.

— C'est facile de m'accabler, mais tu ne t'es pas dit que ton refus d'utiliser tes pouvoirs faisait tout retomber sur *mes* épaules, maman ?

Dès que les mots franchissent ses lèvres, Anya se décompose. L'eau bout dans le silence pesant, qui plombe l'atmosphère de la cuisine.

— Je t'apprends tout ce que je sais, dit-elle à demi-voix.

— Ce n'est pas assez, réplique-t-il, le regard froid. Tu as renoncé à tes pouvoirs, parce que tu as vécu un évènement traumatisant quand tu avais mon âge. Alors rafraîchis-toi la mémoire et tâche de ne pas me juger. Parce qu'aujourd'hui, c'est moi qui paie les pots cassés.

Retournant la confession de sa mère contre elle, la culpabilité lui mord les entrailles. Néanmoins, il est incapable de refermer les vannes. Il ne supporte plus de vivre entre le marteau et l'enclume. Il fait tout ce qu'il peut, absolument tout. Mais tout le monde a toujours quelque chose à redire de ses décisions, de ses actions, de ses erreurs. Personne ne paraît remarquer tout ce qu'il sacrifie.

— Tu ne peux pas choisir de rester sur la touche en jouant les mentors et m'engueuler quand tu estimes que je dépasse le cadre que tu t'es fixé il y a des années. Je fais tout ce qui est en mon pouvoir pour tous vous protéger.

Il pivote et s'éloigne sans la regarder.

— Nevio ?

Il sort de la cuisine.

— Je ne dîne pas. J'ai besoin d'être seul.

Chapitre 32

Les yeux rivés au plafond, Nevio ne se rappelle plus la dernière fois qu'il a enfilé ses écouteurs pour se laisser porter par la musique. C'était quelque chose qu'il faisait constamment, sans réfléchir. Ce n'était qu'il y a quelques mois. Pourtant, le temps où il vivait sans craindre le danger paraît remonter à des années-lumière. Aujourd'hui, il marche main dans la main avec l'angoisse.

Au bout de plusieurs minutes, il retire ses écouteurs en grommelant. La musique n'a plus le même effet sur lui, surtout en ce moment. Son esprit n'arrête pas de ressasser la dispute avec sa mère. Il a été sévère, mais juste. Il pousse un soupir. Le nœud qui grouille de sentiments mauvais semble grossir de jour en jour et parasiter son jugement. Injustice, peur et colère dansent la farandole dans sa tête.

À force de fixer le plafond blanc, sa vision commence à se tacheter de noir. Détachant son regard, il presse une main sur sa poitrine. Si seulement il pouvait arracher ce cœur qui lui pèse dans la poitrine…

Son téléphone vibre.

Safira : Sérieux, tu t'es fait griller ?

Nevio : Comme un débutant.

Safira : J'imagine que la patrouille pour ce soir tombe à l'eau.

Nevio : Comme elle m'a cramé pour l'athamé, elle est sur le qui-vive. Mieux vaut faire profil bas. Je n'ai pas envie qu'elle découvre que je patrouille, ni vos athamés…

Il pousse un soupir. Encore un secret. Et ce ne sera sûrement pas le dernier.

Nevio : Ça te dit de venir pioncer à la maison demain soir ?

Safira : Oui, ça fait longtemps qu'on n'a pas passé un moment en tête à tête comme avant, toi et moi.

Un faible sourire étire ses lèvres tandis qu'il se souvient du « traître » qu'elle lui a balancé quand il est parti sur la piste de danse avec Maxime lors de la soirée d'intégration. À ce moment-là, il croyait encore avoir une chance de connaître la passion, qu'une grande aventure l'attendait au tournant d'une danse endiablée. Mais la seule relation stable qu'il entretient pour l'instant, c'est avec les ombres.

— Quel dépit !

Quelque chose heurte la fenêtre. Nevio se redresse, pose le regard sur les rideaux fermés de sa fenêtre. Avec prudence, il descend de son lit, ouvre le tiroir de sa table de chevet et pioche l'athamé au milieu de ses caleçons. Il se dirige ensuite vers la fenêtre à pas de loups.

D'une main hésitante, il écarte le rideau, tourne la tête vers l'avant de la maison et balaie le jardin du regard avant de s'arrêter sur la silhouette postée derrière l'arbre. Ses doigts se ferment instinctivement sur le manche de son arme, tandis que son rythme cardiaque s'emballe.

Chapitre 33

Nevio met sa main, qui tient l'athamé, dans son dos et s'empresse d'ouvrir la fenêtre de l'autre main. Il se penche par-dessus la fenêtre, bigle sur la silhouette.

— Qu'est-ce que tu fous ici ? lance-t-il.

Le parterre de fleurs est emmitouflé dans la lumière chaude du réverbère, sans révéler l'expression de Maxime, les mains dans les poches.

— Je me promenais dans le coin, et je me suis rappelé que tu habitais là.

Le coin de ses lèvres se retrousse. Nevio remarque les graviers à ses pieds au milieu de l'herbe grasse.

— C'est pas un peu kitsch le coup du caillou à la fenêtre ?

— Peut-être, acquiesce Maxime. Ça ne te plaît

pas ?

Nevio s'apprête à répondre, mais un bruit de fond parasite ses pensées. Un bourdonnement. Il réalise alors que cela vient de l'athamé.

Hein ? Mais normalement, tu te calmes quand je te tiens.

La vibration s'intensifie dans sa paume, remontant dans son bras, se déployant jusque dans son dos. Tout à coup, Nevio a l'impression de porter le poids du monde sur ses épaules. Est-ce une conséquence de la magie noire ? Sa mère lui a dit qu'il y avait des dangers.

Sa vision se brouille, et la silhouette de Maxime vacille dans son champ de vision. Nevio porte une main à sa tempe et appuie, cherchant à estomper la migraine qui pointe.

— Pourquoi tu ne m'as pas prévenu par texto ? dit-il.

Maxime s'immobilise, surpris par son ton. Les derniers grillons d'été chantonnent dans le silence malaisant.

— J'ai pensé que ça te ferait plaisir.

Sa voix ne trahit rien. Cependant, Nevio comprend qu'il a commis une erreur lorsqu'il le voit marquer un pas en direction du portillon de sa propriété.

— Tu as raison, consent Maxime, une main sur la poignée. Je n'aurais pas dû venir sur un coup de tête.

Il se détourne pour de bon, et un pavé tombe dans l'estomac de Nevio. Cela fait deux fois que Maxime lui fait une surprise. Et, deux fois, Nevio ne sait pas l'accueillir. La dernière fois, il s'est contenté de décliner. Ce soir, il l'a carrément rembarré. Un instinct urgent lui dit que, cette fois, il a probablement usé son quota de secondes chances avec Maxime. L'expression horrifiée de sa mère tout à l'heure lui revient subitement en mémoire. Une expression similaire à celle de Safira et Jenny dernièrement. À celle de Maxime.

Nevio déglutit péniblement. À ce rythme, il va finir tout seul. Et ce sera bien fait pour lui.

— Maxime !

Déjà un pied dans la rue, Maxime lui lance un regard interrogateur par-dessus son épaule.

— Prends l'échelle, juste là, lui indique-t-il. Monte.

Maxime ne bouge pas. Il se contente de le fixer, et la panique commence à comprimer la poitrine de Nevio. Les griffes de l'attente lui labourent le ventre. En se mordillant la lèvre, il cherche à se détacher de l'emprise de la dague dans son dos.

Il écarquille les yeux lorsqu'il entend le portillon se refermer. L'angoisse lui remonte dans la gorge.

— J'arrive.

Oh putain, il monte.

L'échelle se pose doucement contre la façade de la maison, pile devant sa fenêtre. Ni une ni deux, Nevio fonce vers son bureau. Il ouvre un tiroir au hasard et y balance sa dague. Il le referme en vitesse et pivote à temps pour voir une silhouette athlétique se dessiner dans l'encadrement de sa fenêtre. Nevio inspire un grand coup. Jamais il n'aurait pensé que son échelle puisse devenir le théâtre d'une escalade romanesque ; d'ordinaire, son rôle est un peu moins excitant : elle lui permet de filer en catimini pour aller patrouiller. En tout cas, l'adrénaline qui pulse dans son système est identique à celle qu'il éprouve avant de partir chasser les ombres. À la seule différence que la terreur qui l'assaille en cet instant augure de meilleures perspectives.

Chapitre 34

Il balaie sa chambre d'un regard circulaire.

Pas de fringues sales qui traînent. Ça part déjà bien.

Avec une souplesse féline, Maxime atterrit sur le parquet de sa chambre sans faire de bruit. Il ignore si sa mère est déjà au lit. Mais honnêtement, c'est le cadet de ses soucis. Là, tout de suite, son attention est braquée sur le mec sublime, qui s'est introduit de sa chambre avec la grâce d'un acrobate. Le torse dynamique de Maxime s'abaisse et se soulève lentement. On dirait qu'il est monté jusqu'ici en volant. Ou qu'il est tombé du ciel. La lune court le long de son corps, sans perdre ni vallon ni creux de son corps. Maxime tourne légèrement la tête, et la lune fiche une ombre sur la moitié de son visage, lui donnant un air d'interdit. Le souffle rauque, il continue de faire danser ses yeux sur Maxime, jusqu'à atteindre sa pupille céruléenne brûlant d'une lueur sombre, qui lui noue le ventre. Nevio ignore combien de temps il reste là à le fixer. Une minute ? Une heure ? Une vie ? Le temps ne semble plus compter. La seule unité de mesure qu'il reconnaît encore, c'est le battement de son cœur.

Maxime se cale contre le rebord de la fenêtre, croise les bras sur sa poitrine et hausse un sourcil.

— On a encore perdu sa langue ? dit-il. Si c'est pour ça que tu m'as fait monter…

Sa remarque a un effet immédiat. En quelques instants, la distance entre eux est comblée. Nevio oublie de partir en apnée alors qu'il se jette sur la bouche de Maxime. Et c'est le raz-de-marée. Il refuse de réfléchir. Il ne veut plus se retenir. Il déverse dans ce baiser tout ce qu'il voudrait lui dire et tout ce qu'il n'a pas le droit de lui confesser.

Maxime se raidit un instant, mais Nevio ne se rétracte pas. Lentement, Maxime décroise les bras et enfouit ses mains dans les cheveux blonds de Nevio, balayant les dernières hésitations. Pendant un instant, Nevio oublie tout. Son destin. Sa famille. Les ombres. Lui. Il se consume dans un feu d'artifice.

Prenant les devants, il insinue sa langue entre les lèvres pleines de Maxime, qui lui ouvre le passage volontiers. La collision de leur désir est chaotique. Parfaite. Leurs langues tournoient, se répondent, se défient. Nevio en a mal aux zygomatiques. Mais pour rien au monde, il n'interromprait cette douleur grisante. La saveur de Maxime lui monte à la tête. Il enfonce davantage sa langue, cherchant à se noyer dans son parfum. Un mélange de cuir, de jasmin, de rose et de… cœur ?

Lorsque Maxime rompt leur baiser, Nevio titube en arrière, les sourcils froncés. Déboussolé, il lève un regard alangui vers Maxime dont le visage s'est fermé.

Tout à coup, Maxime le pousse sans ménagement sur son lit. Dès que le dos de Nevio heurte la couette moelleuse, Maxime le cloue au matelas de son corps vigoureux. Il suffoque quand Maxime s'empare sauvagement de sa bouche dans un élan qui lui grille les neurones. Un baiser en pleine apocalypse. Voilà ce que ça lui fait. Et Nevio adore ça, électrisé par la force de ses lèvres. Des étoiles commencent à clairsemer sa vision derrière ses paupières fermées. Il noue ses bras autour de son cou et attire Maxime encore plus près.

Un frisson le foudroie jusqu'au creux de son ventre lorsque Maxime lui tire la tête en arrière pour exposer son cou à sa bouche insatiable. Nevio agite la tête, pantelant, et ses pensées explosent alors qu'il sent les lèvres de Maxime se plaquer à sa clavicule et aspirer. Il se mord la lèvre pour réprimer un gémissement, et soulève instinctivement le bassin. Sentant le sourire satisfait de Maxime contre sa peau, il se redresse et plante son regard dans les pupilles dilatées de Maxime. Avec des gestes empressés, maladroits, il lui retire son tee-shirt et Maxime en fait de même. Leurs hauts finissent en boule dans un coin de la pièce, et le couple retombe dans les draps.

Nevio siffle lorsque la bouche de Maxime se ventouse à nouveau à sa peau. Il fouraille dans ses cheveux, totalement perdu. Maxime saisit ses poignets et épingle ses bras au matelas, alors qu'il passe sa langue sur son torse, encerclant un téton pour arracher un soupir lascif à Nevio. Ce dernier se débat, incapable de résister à la chaleur qui naît au fond de ses reins. Maxime lâche un gloussement, avant de poursuivre en direction de son abdomen, raffermissant sa prise sur ses poignets. Sa langue creuse un sillon qui enflamme le ventre de Nevio. Ignorant ses fausses protestations, Maxime descend. Plus bas.

— Arrête, souffle Nevio.

Sans la moindre hésitation, Maxime obéit en dissimulant un sourire. Quand il relève son visage assombri par le désir, les narines de Nevio frémissent. L'intensité de son regard lui perce la tête.

— C'est vraiment ce que tu veux ? susurre Maxime.

Il y a vingt minutes, Maxime était sur le point de se barrer sans demander son reste. Et là, il est dans sa chambre – dans son lit – torse nu, en train de lui lécher les abdos. Nevio ferme brièvement les yeux pour ne pas se laisser hypnotiser par son regard irrésistible. Il meurt d'envie d'aller plus loin. Tout son être lui crie de céder à ce moment de plaisir, au risque de le regretter. Mais son esprit, encore déstabilisé par la vitesse à laquelle les choses ont dérapé, lui intime la prudence.

Il déglutit, réfléchit, et finit par hocher la tête, fébrile.

À regret, il voit Maxime se retirer dans la seconde et libérer ses poignets. C'est la meilleure chose à faire. Il le scrute, mais ne trouve aucune trace d'irritation sur ses traits.

L'étincelle entre eux est toujours là. Elle n'a pas disparu lors de la soirée d'intégration, et ce qui vient de se passer n'était certainement pas un feu de paille. Si Maxime veut l'éviter après son refus d'aller plus loin ce soir, Nevio est prêt. Il préfère passer à la trappe parce qu'il aura refusé de se donner que parce qu'il aura été trop vite en besogne.

Dorénavant, Nevio doit comprendre s'il est possible de passer de l'étincelle au feu de foyer.

— Tu veux rester dormir ce soir ? propose-t-il.

Nevio parle d'une voix posée, évitant soigneusement de le regarder. D'ordinaire, il est attiré par l'assurance de Maxime, mais ce soir, elle lui donne l'impression d'être une fourmi à la merci de sa botte. Son cœur martèle sa poitrine, et il se retient de tripoter la couverture.

Maxime se lève. Le cœur de Nevio s'arrête.

Sans se presser, Maxime retire ses baskets, ses chaussettes, baisse son pantalon, dévoilant des jambes fuselées.

— Euh, qu'est-ce que tu fais ? s'étrangle Nevio.

Il lui semblait avoir été pourtant clair : ce soir, ils n'iraient pas plus loin. Même si ce n'est pas l'envie qui lui en manquait. Mais il vaut mieux y aller mollo pour une première.

Un sourire doux glisse sur les lèvres de Maxime.

— Tu veux que je me foute dans ton lit avec mes fringues crados ?

Les épaules de Nevio se secouent alors qu'il rit doucement.

— Attends, bouge pas, fait-il en se levant à son tour. Je vais te chercher des sapes pour dormir.

— Je ne bouge pas, répond-il en appuyant sur chaque syllabe.

Il lui lance un clin d'œil, et Nevio a l'impression qu'un soleil rayonne dans sa poitrine.

Chapitre 35

Nevio plisse les yeux et se protège le visage d'une main, agressé par le jour. Il attend quelques secondes, le temps de revenir parmi le monde des vivants, et retire sa main pour affronter les rayons solaires. Le soleil brille haut dans le ciel.

— Quelle heure il est ? marmonne-t-il.

— Dix heures, à tout casser.

Son cœur bondit dans sa poitrine, et il roule sur lui-même en s'entortillant dans les draps.

— On est du genre à faire la grasse matinée ? susurre Maxime.

Les cheveux en bataille, les traits détendus, il affiche un sourire désarmant. Même au sortir du lit, ce type est d'une beauté à couper le souffle.

— Pas vraiment, répond finalement Nevio. Ça fait longtemps que t'es réveillé ?

Comme il hoche la tête, Nevio lui donne un petit coup dans l'épaule.

— T'aurais dû me réveiller !

— Tu dormais si bien.

Maxime hausse les épaules.

— Et puis, tu as l'air crevé en ce moment, ajoute-t-il sérieusement. J'ai pensé que dormir un peu plus longtemps ne pouvait pas te faire de mal.

Si même Maxime a remarqué ma fatigue, ça veut dire que je dois vraiment avoir une gueule de déterré.

Nevio écarte la couette, se redresse et balance les pieds par-dessus le lit. Il se lève en s'étirant de tout son long, puis se dirige vers l'armoire qu'il ouvre avant de trifouiller dedans. Sans se retourner, il jette des fringues sur lit à la pelle à la manière d'un chien qui gratte le sol.

— Je te rappelle qu'on vient à peine d'entrer en automne, s'esclaffe Maxime en enlevant le pantalon qui a atterri en travers de son visage. Tu as encore deux saisons avant le nettoyage de printemps.

— Rappelle-moi de t'acheter un bouquin « Humour pour les nuls » pour ton anniversaire, s'il te plaît.

Nevio referme la porte de l'armoire, saisit la pile de vêtements sur son lit et marche vers la porte de sa chambre. Il l'entrouvre, passe la tête par l'embrasure et jette un coup d'œil dans le couloir en fronçant les sourcils.

— Qu'est-ce que tu fabriques, Nevio ?

Maxime se lève à son tour et s'approche de lui.

— Je voulais voir si ma mère était là, mais j'ai l'impression que la maison est vide.

— Il est tard, tu sais. Elle est sûrement partie travailler.

Ou alors elle m'évite à cause de notre dispute.

Maxime se rapproche de lui et plante un baiser dans sa nuque.

— Tu crois qu'elle nous a entendus ?

Nevio hausse les épaules.

— Je vais prendre une douche. Tu m'accompagnes ?

Maxime s'écarte doucement et arque un sourcil perplexe.

— Calme-toi, dit Nevio. On ne prendra pas notre

douche ensemble. Mais si elle est encore dans les parages, je préfère éviter qu'elle déboule dans ma chambre et tombe sur toi. Il vaut mieux que tu viennes dans la salle de bains avec moi.

Maxime acquiesce en souriant, et Nevio éprouve une pointe de déception. Il aurait peut-être préféré voir Maxime batailler un peu plus. Ce mec a beau ne pas avoir froid aux yeux, il semble avoir la tête sur les épaules. Il en faut bien un pour contrebalancer.

✦

— La voie est libre ? demande timidement Maxime.

Nevio explose de rire en voyant Maxime en position de repli dans l'escalier en bois, prêt à prendre la fuite.

— R.A.S, beau gosse. Tu peux descendre.

En expirant, il rejoint Nevio qui l'attend dans la cuisine. Il tire une chaise et s'installe à la table en bois. Nevio dépose une tasse de café fumante devant lui et vide le sachet en papier de viennoiseries dans l'assiette creuse au centre de la table. Maxime fronce les sourcils.

Il n'aime pas les pains au chocolat ?

— Est-ce que tu as un pouvoir caché, Nev ?

Nevio prend une gorgée de café avant de reposer calmement sa tasse sur le comptoir. Il s'efforce d'éliminer toute trace d'anxiété sur ses traits et pique un pain au chocolat avant de s'appuyer avec nonchalance contre le rebord de l'évier, une jambe croisée devant l'autre. Avec un flegme exagéré, il croque dans sa pâtisserie pour gagner du temps. Grosse erreur. La viennoiserie s'émiette dans sa bouche et le goût du chocolat mélangé au beurre et au stress lui donne un haut-le-cœur. Il mâchonne pendant ce qui lui semble une éternité, mais le pain au chocolat ne descend pas. Vu la manière dont sa trachée s'est rétractée, s'il avale, il va s'étouffer.

— Quand est-ce que tu as eu le temps de passer à la boulangerie ? poursuit Maxime. Tu as dû me laisser cinq minutes tout seul dans la salle de bains. Pas plus. Tu es Superman ou quoi ?

Automatiquement sa gorge se desserre, et il avale avec un « gloup » sonore. Nevio couvre sa bouche de sa main et passe une langue sur ses dents pour enlever les résidus de miettes.

— Remercie Anya.

— Qui est Anya ?

— Ma mère.

Maxime a un temps d'arrêt.

— Alors elle sait que j'ai dormi ici ?

Nevio se tourne vers la fenêtre au-dessus de l'évier, et s'appuie contre le plan de travail en souriant dans le vide.

— Elle en sait toujours plus que ce qu'elle ne dit, marmonne-t-il.

Chapitre 36

La cloche retentit, sortant Nevio de sa rêverie. Heureusement qu'il ne prend les cours qu'à onze heures aujourd'hui. Il ignore combien d'absences il a au compteur – et à combien il est autorisé par trimestre – mais il vaut mieux éviter de les cumuler. Discrètement, il saisit le col de son polo et hume en fermant les paupières. À l'instant où les notes fleuries lui chatouillent les narines, l'image de son baiser fougueux avec Maxime s'immisce dans sa tête, balayant la sonnerie nasillarde du lycée pour occuper toute la place. Il effleure ses lèvres qui lui paraissent encore boursouflées de la veille en réprimant un sourire.

Une pile de livres fait trembler sa table. Il lève la tête et dévisage Safira qui s'installe à côté de lui.

— Aussi délicate qu'un éléphant.

Elle lui adresse un sourire qui n'atteint pas ses yeux.

— Ça ne va pas, Saf ?

Elle croise les bras sur la table et se cache la tête en bougonnant. Il se penche doucement vers elle, une main sur son bras.

— Saf, je ne comprends pas quand tu parles à la table.

Avec un soupir, elle se redresse et tourne le buste vers lui, calant sa tête dans sa main.

— J'ai affronté la créature qu'on a croisée sur le Ponte Obscurum hier soir.

— Quoi ? lâche-t-il, bondissant presque de sa chaise. Saf, je t'ai dit qu'il n'y avait pas de patrouille hier soir et que c'était…

— J'ai été attaquée, Nevio.

Il examine la mine tirée de son amie, interdit. Son pire cauchemar se réalise : ses proches deviennent la cible de ces monstres. D'ailleurs, ils n'ont toujours pas découvert d'où sort cette créature. Elle ressemblait à une ombre, mais différente d'Umbra. Elle n'a pas d'yeux, seulement une bouche pleine de dents horribles.

— Et tu… tu n'as rien ? bafouille-t-il.

Elle secoue la tête.

— Pourquoi tu ne m'as pas écrit hier soir ?

Elle pousse un soupir.

— Parce que tu as assez de pression comme ça, Nevio, et que je m'en suis sortie indemne.

Un goût d'amertume s'infiltre sur sa langue. C'est donc ça l'impression qu'il donne à ses proches ? Qu'il est devenu quelqu'un d'inaccessible avec qui on ne peut plus parler, de peur de le faire craquer ? La colère se coince dans sa gorge ; il s'en veut. Pendant qu'il prenait son pied avec Maxime, Safira se faisait attaquer par une des créatures qui en ont après lui. C'est sa faute. Il n'a aucune excuse. Inconsciemment, un voile sombre se dépose sur son premier baiser avec Maxime.

— Comment est-ce que tu as fait pour t'en sortir ?

— C'est ça, le truc, commence-t-elle. Je n'ai rien fait, Nev.

Il fronce les sourcils. Pas certain de comprendre.

— Je n'avais pas mon athamé sur moi. Alors je me suis placée sous la lumière d'un lampadaire, comme la dernière fois. Sauf qu'il s'est passé quelque chose de bizarre…

Elle s'interrompt, lance un regard à la ronde et se penche vers lui.

— Mon pendentif a réagi.

— Ton pendentif ? répète-t-il en zyeutant son cou. Le piment ?

— Oui, il s'est illuminé aussi.

— Mademoiselle Al-Zahra !

Ils tournent la tête vers la professeure d'histoire en tailleur gris anthracite qui les regarde sévèrement.

— Vous voudrez sans doute nous faire profiter de votre conversation palpitante ?

— Non, madame. Désolée.

Feutre en main, la professeure opine avant de se remettre à écrire sur le tableau noir.

Safira lui glisse :

— On va au taekwondo ensemble ce soir ?

Le trémolo dans la voix de Safira lui serre le cœur. Il sait qu'elle a peur et ne supporte pas de la voir ainsi. Il lui prend la main.

— Compte sur moi, Saf.

Une effervescence emplit le dojang où s'exercent les taekwondoïstes haletants. Cela fait longtemps que Nevio n'a pas senti ses membres rompus par de saines courbatures. Cela change des hématomes qu'il se tape à l'issue de combats contre les ombres. Il avait oublié la musique des coups résonnant dans la salle et les visages déterminés. Il balaie la grande salle du regard, contemplant la peinture fraîche des murs beiges.

Depuis combien de temps je ne suis pas venu ?

Dans son dobok blanc, Nevio fait un pas en avant sur le tapi bleu. Il sourit. Retrouver son exutoire lui donne le sentiment de renouer avec son ancienne vie. Il va enfin pouvoir canaliser ce débordement d'énergie, mettre son corps en mouvement pour que son esprit la mette en veilleuse. Côte à côte, Safira et lui enchaînent les mouvements avec une concentration de fer. Un brun à la carrure de déménageur passe entre les élèves. À nouveau Nevio sourit.

Castell, leur maître . Attentif à chacun d'entre eux, il s'arrête pour rectifier un poignet trop tourné ou désigner un pied trop en avant. Rien n'échappe à ce type rompu aux arts martiaux.

Safira lui glisse régulièrement des regards en coin.

— Tu vas te faire cramer, chuchote Nevio.

Soudain, Castell est derrière eux. Il saisit le bras de Safira et le repositionne avec fermeté en la fixant de son regard noir.

— Ça part du centre, Safira. Ressens le mouvement.

Il recule pour qu'elle reproduise le geste sans son aide, et il approuve d'un signe de tête. Rapidement son attention se porte sur Nevio, qui ne se laisse pas déconcentrer, le regard droit devant lui.

— Soit tu es doué. Soit tu t'entraînes en douce, Nevio.

S'il savait…

— Merci, maître , fanfaronne-t-il.

— Ça fait un moment que je ne te vois plus au dojo.

Castell se plante devant lui et le regarde fixement. Que pourrait lui dire Nevio ? « Ce n'est pas ce que vous croyez, maître , je m'entraîne pratiquement tous les jours avec des ombres » ? Il réprime un soupir. Encore une raison pour laquelle il déteste sa vie : toutes les excuses sont mauvaises et il est contraint d'encaisser en silence. Cette espèce de passivité dans laquelle il s'enfonce petit à petit le rend malade.

— Ne te repose jamais sur tes acquis, reprend Castell grave. Sinon, ça pourrait te coûter cher.

Castell est réputé pour être sévère ; il n'a jamais

été tendre avec Nevio, et c'est ce qui lui a toujours plu chez lui. Cependant, c'est la première fois que Nevio se sent intimidé par lui. L'atmosphère prend une tout autre couleur, et Nevio se surprend à tressaillir sous le regard scrutateur de son maître .

Sans lui laisser le temps de répliquer, le brun baraqué lui tourne le dos et se dirige vers un autre duo d'élèves avec cet air impénétrable qu'il lui a toujours connu.

Chapitre 37

Nevio s'arrête devant la fenêtre, ausculte le ciel de son regard bleu acier. Ne trouvant aucun réconfort dans les étoiles qui se taisent, il se remet à arpenter sa chambre de long en large, rassemblant ses affaires et surtout son courage. Ce soir la lune est pleine, et rouge. Il rabat la capuche de son gilet long sans manches en faux cuir, rentre son tee-shirt noir dans son pantalon noir et réajuste ses mitaines de motard. D'une main incertaine, il tâte à travers son gilet la bosse au niveau de sa hanche. Il frémit en sentant l'athamé lui répondre par une vibration, puis fixe son reflet.

L'heure de ton destin a sonné, Nev.

On donne un coup à la porte. Il se retourne vivement. La poignée de la porte s'abaisse timidement.

— Tu es prêt, Nevio ?

Le visage doux d'Anya apparaît dans la chambre

à moitié éclairée. Nevio patiente. Depuis quelques jours, lui et elle jouent à cache-cache dans la maison. Depuis la dispute. Nevio n'a pas trouvé la force de réengager la discussion avec sa mère. Et elle non plus. Qu'est-ce qu'il aurait bien pu lui dire d'ailleurs ? « Désolé » ? Il s'en veut de lui avoir infligé un tel coup, mais il ne veut en aucun cas atténuer le poids de ses paroles. Il pensait chaque mot. Chercher à revenir en arrière serait ridicule. Et il n'en a pas envie. Porter l'héritage mystique de leur famille en lui est un honneur dont il se serait passé volontiers. Mais il s'en est fait une raison. Il est prêt à affronter son destin. Tout ce qu'il demande en contrepartie aux personnes qui l'entourent, c'est d'être capable de se regarder dans la glace. Sa mère plus que n'importe qui.

— Je suis prêt, dit-il.

Anya suit la main de Nevio, qui se pose sur une bosse sous le tissu. Elle ferme les paupières. Elle n'est pas dupe.

— C'est la nuit de Samhain et…

La dispute est trop fraîche, la blessure trop vive, et la distance qui s'est creusée entre eux insurmontable. Anya ne s'est jamais sentie aussi loin de son fils. Pourtant, ce soir, plus que jamais, il a besoin d'elle. Mais elle ne sait plus comment lui parler. Chaque mot de réconfort, chaque conseil que son esprit tente de formuler sonne faux et se désintègre avant d'atteindre ses lèvres. Il a tellement grandi. En si peu de temps. La gorge d'Anya se serre. Si elle a été un court instant sa mentor, il est clair que ce rôle ne lui échoit plus aujourd'hui. Elle ne se sent plus légitime.

Une main sur le cœur, elle se rappelle douloureusement les yeux bleus rieurs de son fils désormais figés dans la glace. Il a perdu son innocence ; elle savait que cela arriverait. C'est le sort de tous les enfants. Mais pas ainsi. Pas aussi tôt. Il avait encore tellement de choses à vivre sous le bouclier de l'insouciance avant de quitter définitivement les rivages de l'enfance.

Elle l'observe s'accrocher à son athamé qu'il tente de lui cacher. Elle n'est sans doute plus sa mentor, mais elle reste sa mère. Rien, aucune magie au monde, ne pourra changer cela.

— Fais tout ce qui est nécessaire pour rester en vie, Nevio.

Surpris, il la considère un moment avant d'opiner.

— Il faut que je rejoigne les autres, déclare-t-il.

Quand il la dépasse, il effleure sa main et lui glisse un regard. La poitrine d'Anya se desserre légèrement tandis qu'il marche vers l'escalier. Si elle pouvait, elle le retiendrait. Mais elle ne peut pas ; elle n'en a ni le droit ni le pouvoir. Après avoir renoncé à sa propre magie, il lui est interdit d'être égoïste au point de sacrifier la vie d'innocents pour protéger son fils, qui, lui, a choisi d'assumer son rôle, aussi difficile soit-il. La vie des pontebellusins en dépend.

Elle ravale un sanglot quand elle entend la porte d'entrée se fermer. Dans le silence pesant de la maison, un mauvais pressentiment lui noue le ventre.

Chapitre 38

Le cœur de Nevio roule comme un tambour, un mélange d'appréhension et d'excitation dans sa poitrine. Les rayons lunaires s'éclatent par fragments sur l'épais édifice croulant sous les lumières fugitives des stroboscopes. L'ancienne manufacture de tabac a repris vie pour la nuit d'Halloween.

Nevio parcourt de ses yeux perçants le théâtre d'ombres en briques rouges dressé sur deux étages. Derrière le nuage de fumée, qui s'échappe de la grande entrée, des silhouettes bougent au rythme des basses, qui martèlent la vieille fabrique de l'intérieur.

En entrant, un cercueil accroche son regard. Il ralentit devant la boîte installée verticalement à gauche de la grande entrée et l'examine, plein d'hésitation. Son sang se glace. Deux trous percés dans le couvercle en bois transmettent la lueur rouge de deux yeux. Le couvercle saute, et une silhouette noire bondit en avant.

— Bordel de merde !

Nevio pose une main sur sa poitrine, au bord de la syncope. Un ricanement sinistre s'échappe de la bouche sanguine d'un comte Dracula revisité façon Coppola qui sort du cercueil :

— Joyeux Halloween…

Le lycéen regagne sa bière, en croisant théâtralement les bras et en rabattant le couvercle sur lui.

Il va sérieusement passer sa soirée enfermé là-dedans ?

Lorsqu'il traverse le mur de fumée obstruant l'entrée, Nevio reste un instant saisi par le décor. Des toiles d'araignées pendent du plafond comme des lianes blanches. Aux quatre coins de la piste de danse, de grosses citrouilles coiffées de chapeaux noirs de sorcières sont éclairées par en dessous. Des guirlandes rouges dessinent les contours d'une estrade sur laquelle se tient un squelette géant. Une atmosphère terrifiante se dégage de l'ancienne manufacture où persiste encore l'odeur du tabac.

Dément…

— Ils ont mis le paquet, hein ?

Nevio se retourne, sensible au grain de cette voix rauque, et parcourt le gladiateur au torse saillant, qui le regarde de son regard céruléen pénétrant.

— Apparemment, ils ne sont pas les seuls, murmure Nevio.

Un sourire malin éclot sur les lèvres de Maxime.

— Tu n'es pas mal non plus, réplique suavement ce dernier avant de marquer un temps d'arrêt. En quoi tu es déguisé au juste ?

Nevio lâche un rire incrédule.

— T'as jamais regardé *The mortal instruments* ?

Maxime fait non de la tête.

— Je suis un chasseur d'ombres, continue Nevio sur le ton de l'évidence.

L'œil de Maxime brille d'une lueur, qui fait trembler la détermination de Nevio.

Non, Nevio. Pas question.

Ce soir, pas de distraction. Nevio se l'est promis pendant qu'il traversait la ville. Il savait que Maxime allait sortir le grand jeu – même avec un sac à patates, ce mec est divin. C'est Halloween, pas la Saint-Valentin. Nevio n'a pas le droit de se laisser aller à ses amours ce soir. Des vies sont en jeu. Beaucoup de vies. La sienne notamment. Son instinct lui indique que quelque chose de grave est sur le point de se produire ; ses membres n'ont cessé de fourmiller à mesure que la lune montait dans le ciel, et son athamé vibrait plus que jamais. Il doit rester vigilant. Or se laisser hypnotiser par les beaux yeux d'un gladiateur du vingt et unième siècle est tout sauf vigilant.

Maxime fronce les sourcils en le voyant reporter un œil vitreux sur les lycéens, qui se pressent sur la musique électro. Il effleure sa main, faisant tressaillir Nevio.

— Ça te dit un tour sur la piste ?

Le souvenir de la soirée d'intégration s'impose à Nevio. Un sourire lent se déploie sur les lèvres de Maxime, qui a l'air de deviner où l'esprit de Nevio dérive. Alors qu'il emmêle doucement ses doigts à ceux de Nevio, le cœur de Nevio adopte une cadence rythmée par l'anticipation. Il laisse traîner sa pupille languissante sur la connexion de leurs peaux et inspire profondément, prêt à céder.

— Bonsoir, Nevio.

Comme s'il avait reçu un électrochoc, il lâche subitement la main de Maxime et fait volte-face vers la voix grave qui l'a sorti de sa transe. Un brun gaillard se dresse devant lui de toute sa hauteur, avec une expression singulière.

— Maître ?

Castel rit doucement et balaie l'appellation de Nevio d'un geste de la main.

— Je t'en prie, appelle-moi Castell ce soir. Avant d'être ton maître , je suis avant tout une personne, tu sais.

Nevio réprime un sourire en acquiesçant.

— Qu'est-ce que vous faites là ?

— J'ai été recruté pour chaperonner la soirée d'Halloween, figure-toi. Ça me fait tout drôle, j'ai l'impression que les soirées du lycée, c'était hier.

— Oh.

Castell ne porte aucun déguisement. Il n'en a pas besoin. Avec sa silhouette musclée et son air sévère accentué par sa mâchoire taillée à la serpe, il semble tout droit sorti d'un film de kung-fu ou d'espionnage. Son jean et son tee-shirt en col V noirs ainsi que ses boucles d'oreille argentées, qui scintillent sous les lumières blanchâtres de la fabrique, le rajeunissent.

Quel âge a-t-il au juste ?

Réalisant le silence embarrassant qui commence à s'installer, Nevio se rappelle de la présence de Maxime, qui n'a d'ailleurs pas décroché un mot depuis l'irruption de Castell, comme s'il attendait quelque chose.

— Oh, euh sen… Castell, se reprend-il. Je vous

présente Maxime, un camarade du lycée.

Les deux hommes échangent une poignée de main ferme, en soutenant le regard de l'autre.

— Maxime, voici mon…

— Maître , complète Maxime. Oui, j'avais compris.

Lui et Castell ont beau s'être lâché la main, l'atmosphère devient lourde.

— Il faudrait songer à revoir vos méthodes, *maître* , dit Maxime.

Castell incline la tête.

— Nevio est toujours couvert de bleus, explique-t-il railleur. La première fois, il s'est soi-disant battu avec une racine d'arbre.

— Une racine ? répète Castell incrédule.

Se tournant vers Nevio, une lueur amusée dans le regard :

— C'est donc pour ça que tu délaisses mon dojang ? Pour t'entraîner avec des arbres ? Si j'avais su j'aurais investi dans la rénovation des jardins, et non de la salle.

— Sauf que la dernière fois, il est rentré de votre

cours avec un œil au beurre noir. Il faudrait songer à envisager des méthodes moins barbares sur vos élèves.

Une chape de plomb s'abat sur lui. Il ne pensait pas que son œil au beurre noir avait préoccupé Maxime au point de chercher plus que l'explication simpliste qu'il lui avait fournie. À vrai dire, Nevio croyait qu'il n'avait même pas gobé son histoire. Jamais il n'aurait pensé que Maxime en arrive à cette conclusion. Il n'a pas voulu mettre Castell en porte à faux, seulement protégé son identité.

Nevio ouvre la bouche pour protester.

— Maltraiter mes élèves n'a jamais fait partie de mes méthodes.

Le ton sec de Castell laisse Nevio sans voix.

— Et Nevio est loin d'être faible, poursuit-il durement. En fait, il est l'un de mes meilleurs taekwondoïstes. S'il a été blessé, ça n'a pas eu lieu dans mon dojang.

Marquant un pas en avant :

— D'ailleurs, si je vois quelqu'un s'en prendre à lui, je ne resterai pas les bras croisés.

Castell ne dégage plus cette énergie de froid implacable. Non, il émane une menace que l'ambiance de la fête ne parvient pas à étouffer.

À son tour, Maxime fait un pas en avant.

Merde, il se passe quoi, là ?

— Maître , qu'est-ce que vous faites là ?

Une belle Pocahontas déboule avec un grand sourire. Castell s'attarde encore sur Maxime, puis rive enfin son attention sur Safira.

— J'expliquais à Nevio que je suis en mission chaperonnage. D'ailleurs, il faudrait que j'y retourne, si je ne veux pas me faire taper sur les doigts.

— Vous ? lâche-t-elle, goguenarde. Personne n'oserait vous défier, maître .

Il accorde un bref regard à Maxime, puis adresse un franc sourire à Safira.

— J'ai été content de vous voir. On se recroisera peut-être plus tard.

Ce disant, il appuie avant de partir un regard sur Nevio, qui laisse ce dernier en proie à l'incompréhension. Il essaie d'interpréter le changement d'ambiance qu'il y a eu avant l'arrivée de Safira. Tout est confus.

— J'y vais aussi.

Il pivote la tête vers Maxime, désarçonné, et lui demande :

— Où tu vas ?

— Danser.

Safira agite les bras et les regarde tour à tour, la main sur la poitrine, confuse.

— Je dérange peut-être ?

Maxime secoue la tête.

— Ne t'en fais pas, Safira. Tu ne déranges rien du tout. Je vais rejoindre mes *camarades du lycée.*

Nevio tressaille. La seconde d'après, Maxime n'est plus là. Safira s'approche doucement de lui.

— Euh… tu m'expliques, Nev ?

Il fixe son œil vitreux sur la cohue, qui ondule au rythme de l'électro.

— Je crois que j'ai encore gaffé, Saf.

Chapitre 39

— Ma parole, tu n'as besoin de personne pour te mettre des bâtons dans les roues. Tu t'en sors très bien tout seul.

— Merci, Safira. Heureusement que tu es là pour m'enfoncer.

Debout au bord de la piste de danse, les mains sur les hanches, elle hausse les épaules.

— Quelle idée de le présenter comme ton camarade de classe !

— J'ai paniqué.

Alors que la fête bat son plein, eux la passent en débriefant le foirage amoureux magistral de Nevio.

— Paniqué ? dit-elle. Mais pourquoi ?

Elle le considère comme s'il lui avait poussé une deuxième tête. Il rive ses yeux sur le sol, où s'entrecroisent les ombres des danseurs et les lumières bleutées de la fête. Il a tellement changé qu'il ne sait plus qui il est. Ni ce qu'il ressent. Il est pourtant dingue de Maxime, mais sa double vie a accaparé son attention, et la réalité l'a fait descendre de son nuage – le danger que sa vie représenterait pour lui. Inconsciemment, Maxime lui apparaît comme un rêve inatteignable. Puis le regard noir de Castell s'immisce dans ses pensées.

Nevio secoue la tête pour chasser de son esprit le dernier regard que Castell lui a jeté.

— Qu'est-ce qu'il y a ?

— Avant de partir, Castell m'a regardé bizarrement.

Safira hausse les sourcils.

— Tu veux dire… qu'il t'a fait les yeux doux ?

— Hein ? Mais non, s'indigne-t-il.

Elle le scrute en plissant les yeux.

— Dis donc, tu n'en pincerais pas pour le maître par hasard ?

— T'as craqué.

— Pour rappel, ce n'est pas moi qui ai friendzoné

mon crush devant notre prof de taekwondo super sexy.

Cette pique fait à Nevio comme l'effet d'une brûlure. Il déglutit, s'apprêtant à riposter quand le volume des basses diminue soudainement. L'attention de la salle délaisse progressivement la piste de danse pour converger vers l'estrade où s'avance un homme déguisé en momie.

— Chers lycéens, chères lycéennes, j'espère que vous passez une joyeuse Halloween, lance-t-il dans le micro en pied.

Une vague de cris exaltés et d'applaudissements espacés par des sifflements lui répond.

— Dans quelques instants, il sera minuit. Le moment d'annoncer le grand gagnant du concours de costumes !

Nevio se frappe le front du plat de la main.

— Quoi, t'as oublié le concours ? demande Safira.

— Complètement.

— Nous vous rappelons que le premier prix est une nuit et deux jours dans un parc d'attractions, continue le speaker. Le deuxième, un dîner dans un restaurant pontebellusin de votre choix. Et le troisième, un bon d'achat.

— Ton homme n'a aucune chance face à mon champion, Nevio.

Vêtue d'une combinaison léopard moulante, Lara se tient près de lui dans une posture provocante.

— De quoi tu parles ? dit-il d'un air dubitatif.

— Julian s'est inscrit au concours, il s'est déguisé en Docteur Jekyll et Mr Hyde, annonce-t-elle.

Nevio ne répond pas.

— J'ai cru que ton beau gladiateur aussi s'était inscrit au concours ; je l'ai vu traîné vers l'urne tout à l'heure.

— Ça m'étonnerait, marmonne-t-il.

Elle lui lance un coup d'œil hésitant. Il se retranche sous la capuche de son long gilet. Elle questionne Safira du regard, mais n'obtient rien d'autre qu'un haussement d'épaules. Alors elle n'insiste pas.

Au douzième coup de minuit, la salle retient son souffle.

— Et le grand gagnant est…

La scène rétrécit sous l'éclairage jaloux de la manufacture, se concentrant sur la momie qui parle au micro. Un vent frais se dépose sur la salle, qui n'est plus en mouvement. Impossible pour Nevio d'entendre la musique.

Tout son être est tourné vers la silhouette tapie derrière le speaker.

— Merde, s'étrangle-t-il.

Il regarde autour de lui avec affolement. Il y a sur toutes les figures un air de fête et d'insouciance. Son cœur se serre. Il donnerait cher pour être aussi inconscient du danger qu'eux.

Fermant les yeux, il ravale la boule dans sa gorge et se fait violence.

— Nevio, qu'est-ce qui se passe ? demande Lara préoccupée. T'es tout pâle.

Au fond de l'estrade, deux yeux rouges dissèquent avidement la foule.

— Il me cherche, souffle-t-il.

— Il ? dit-elle. Qui, Maxime ?

— Saf, fait-il, ignorant Lara. Veille sur tout le monde.

Nevio s'éloigne en trottinant sans écouter ce que Safira lui répond. Au moment où le speaker annonce les heureux gagnants du concours, Umbra ancre enfin sur

Nevio sa pupille malveillante.

Sentant une présence, le speaker se tourne et échappe son micro en suffoquant. Les lumières s'éteignent. Les enceintes résonnent de l'effet Larsen. Des cris s'élèvent des lycéens pressés ensemble, avant qu'une vague de froid inexplicable ne s'abatte sur eux.

L'entrée est noire de monde. Le cerveau de Nevio tourne à plein pot, en quête d'un autre endroit où attirer Umbra. Une porte à l'autre bout de la salle se dessine dans le mur. Un vent lui glace la nuque. Il court à toute allure en direction de la porte, bouscule des élèves sur son passage.

Il saisit la poignée et s'acharne dessus, sans résultats.

— C'est pas vrai, putain !

Derrière lui, l'incompréhension continue de parcourir les lycéens, qui s'agitent devant l'estrade sans comprendre ce qui se passe. Il donne un coup de pied dans la porte. Elle résonne d'un bruit sourd sans céder.

Le froid presse son dos. La panique grandit en lui. Refusant de regarder en arrière, il recule de quelques pas, prend de l'élan et fonce sur la porte, épaule en avant. Il grimace en entendant le craquement sinistre de son articulation et atterrit avec perte et fracas de l'autre côté.

Il lève les yeux en se tenant le bras endolori vers un escalier. Comprenant qu'il conduit au deuxième étage,

Nevio monte les marches métalliques quatre à quatre. Un filet de sueur glisse dans son dos alors qu'il prie pour arriver en un seul morceau à l'étage.

Un rugissement résonne derrière lui.

Nevio ne se retourne pas. Une fois sur la plateforme poussiéreuse, il s'engouffre dans la première pièce qu'il voit et, une fois au centre, fait volte-face trop tard. Il n'a plus le temps de tracer un cercle de protection. L'ombre s'engouffre dans l'embrasure de la porte, et Nevio se met en position d'attaque, les jambes écartées, les poings devant le visage.

— Viens avec moi, mon garçon, susurre Umbra d'une voix malveillante. Ce soir, ton pouvoir s'élèvera, et Aelera s'en emparera. Suis-moi jusqu'à la frontière des mondes, si tu ne veux pas que des innocents soient blessés.

En réponse, Nevio dégaine son athamé.

— Cette arme de pacotille ne te sauvera pas, ricane Umbra.

Sans lui laisser le temps d'en dire davantage, Nevio fonce sur lui en brandissant son arme. Avec un rire machiavélique, Umbra se dissipe et reparaît à sa droite. Nevio contre son coup de la lame de sa dague, qui s'illumine sous le rayon rouge de la lune filtrant par la persienne.

— De la magie noire ? lâche Umbra avec hargne.

La lame fend l'air et Nevio lui tranche d'un coup le bras noir, qui s'est étiré de l'ombre. Le rugissement lui vrille les tympans. Nevio lui décoche un kick retourné, et le choc vibre jusque dans ses tibias.

Quelque chose de noir scintille sur sa gauche ; Nevio saute en avant, effectuant une roulade, évitant de justesse les griffes spectrales. Reprenant appui sur le mur, il jette un coup d'œil à la porte.

— Oh non, mon garçon… Tu ne m'échapperas pas cette fois.

Une barrière invisible se dresse à l'entrée, isolant la soirée d'Halloween qui a repris au rez-de-chaussée.

— Je n'en avais pas l'intention, grogne Nevio.

Il lève les mains devant lui.

— *Ignis ardet.*

Une boule de feu part de sa paume. Umbra glisse pour réapparaître quelques mètres plus loin. Nevio recommence, étudiant les mouvements d'Umbra. Puis, il lance une double flamme pour bloquer Umbra. Il s'élance ensuite sur lui, lui balance un uppercut. Umbra se faufile derrière lui et le prend en étau.

— *Ignis ardet.*

Un hurlement de douleur fait trembler les murs de la pièce. Umbra le libère, immolé par la puissance de la flamme. Une odeur de chair putride investit les narines de Nevio. En pivotant, il enflamme ses poings et commence à enchaîner le spectre. Envoyant un coup de poing pour faire diversion, Il crochète le spectre de son bras gauche et pivote autour de lui comme autour d'une poutre, l'emprisonnant dans une clé de bras.

Des lambeaux noirs se détachent d'Umbra tandis que la flamme des poings de Nevio s'intensifie dangereusement. Une odeur nauséabonde sature l'air, obligeant Nevio à retenir sa respiration tandis qu'il coince la créature dans un étau de feu.

Umbra faiblit entre ses bras tendus à l'extrême. Nevio se concentre sur sa respiration, sentant une force l'animer. Il étire son cou dans un tic nerveux, ressentant avec effroi une porte s'ouvrir en lui – celle qui conduit à sa noirceur. Le goût irrésistible de la magie glisse dans ses phalanges, alimentant des flammes de plus en plus ardentes et sombres. La Lune de Sang décuple ses pouvoirs et réduit sa volonté. Il se sent glisser vers la magie noire. Il resserre d'un coup sa prise autour d'Umbra, qui lâche un cri d'animal blessé. Puis une goutte tombe au sol. Nevio plisse le nez.

Du sang.

Depuis le début du combat, il a consommé une énorme quantité d'énergie. Si ça s'éternise, il risque de perdre connaissance. Et c'en sera fini de lui. Il ignore la faiblesse, qui s'installe dans les battements de son cœur, et se pousse plus loin. S'il capitule maintenant, il n'aura pas la force de réinvoquer ses flammes – ni l'occasion. C'est maintenant ou jamais.

— Oh putain, c'est quoi ce machin ?

La terreur saisit Nevio en reconnaissant cette voix.

— Lara, va-t'en !

Un coup violent lui broie le plexus, l'acide remontant dans sa gorge. Projeté à l'autre bout de la pièce, Nevio s'écrase contre le mur opposé. Dans sa chute, un bruit métallique résonne dans la pièce.

Non !

Alors qu'Umbra glisse à travers la pièce, Nevio pousse sur ses jambes pour plonger vers l'athamé.

La dague décolle du sol, aspirée par l'ombre.

— Nevio ! hurle Lara, horrifiée.

Nevio se pétrifie. Un filet jaillit de ses lèvres, et le goût visqueux et métallique du sang investit sa bouche. Tremblant, il baisse les yeux vers la tache sombre qui s'étend sur son costume. Dans un ultime effort, il presse autour de la dague plantée dans son ventre, avant de tomber à genoux. Un cri de douleur lui déchire les cordes vocales quand il bascule sur le flanc, faisant remuer la lame dans sa chair.

Le front en sueur, il exhorte ses méninges de s'activer. La douleur lui assaille les synapses. Serrant la mâchoire, il jette un autre regard à la dague. Le sang assombrit le noir de son tee-shirt et gagne du terrain. Les larmes aux yeux, il renverse la tête, plante ses dents dans sa lèvre, inspire brusquement et tire.

— Merde…

Des étoiles envahissent son champ de vision alors qu'une douleur fulgurante le foudroie. Il relâche le manche de l'athamé, ses joues ruisselant de douleur. Couché sur le côté, il n'ose plus bouger.

Petit à petit, la silhouette de Lara s'efface sur le seuil. Les paupières de Nevio papillotent. La lune jette un éclat rougeâtre sur son visage, et la chaleur du liquide sur ses doigts contraste avec le froid qui évolue dans ses membres. Il croit entendre Lara l'appeler. Il ne la voit plus. Ses sens commencent à le trahir. Sa bouche entrouverte cherche l'oxygène malgré le poids invisible qui lui comprime la poitrine. Emmailloté dans ses pensées et dans des myriades de sensations fugaces, il se sent partir. Tout se confond et son être se disloque.

C'est fini, pense-t-il.

Un vacarme d'affrontement le ramène momentanément à lui. Il cligne des yeux. Sa respiration est sifflante. Il ne distingue rien, hormis le froid. Puisant alors dans ses dernières forces, il dirige tout son pouvoir dans ses pupilles. Il a besoin de voir.

— Relève-toi, Nevio.

Une silhouette s'est immiscée entre lui et Umbra.

— La prophétie ne s'est pas encore accomplie.

La prophétie ?…

— Deux âmes s'affronteront pour un pouvoir divin. Quand l'une périra de la main de l'autre, la lutte prendra fin.

Les mots se réverbèrent à l'infini dans l'esprit embrumé de Nevio.

— Qui es-t…

La voix de Nevio est étouffée par le sang qui coagule dans sa gorge. Il tousse. Péniblement. S'efforce de tenir. Le sol est dur. Il a froid. Mais n'a plus la force de trembler. Ses yeux exorbités attendent une réponse. Quelques secondes, pendant lesquelles Nevio se raccroche à la vie, s'écoulent.

— Je m'appelle Caïus, répond platement l'entité sans visage.

Les oreilles de Nevio se mettent alors à siffler. Ses

derniers barrages cèdent. Tout devient noir.

Sa vue. Sa colère. Son âme.

Plus de sons. Plus d'odeurs. Plus rien.

Caïus.

C'est la dernière chose que Nevio entend, avant qu'il ne s'érige au-dessus de l'abîme du néant et que les ténèbres ne se referment sur lui.

Tu viens de tourner la dernière page.
Mais entre nous, on sait que ce n'est pas vraiment la fin.

Si t'as envie de me dire ce que tu en as pensé, de suivre les prochaines nouvelles, ou simplement d'échanger autour de l'univers…

Passe me voir ici :

Et si tu veux mettre la main sur un exemplaire papier spécial… sache que quelques copies du premier tirage seront bientôt disséminées dans l'ombre, abandonnées dans certaines villes.

Je glisserai des indices.
Et peut-être que l'un d'eux te mènera jusqu'à l'un de ces exemplaires.

Remerciement

Je tiens à remercier de tout cœur celles et ceux qui ont embarqué dans cette aventure avec moi.

Ce premier roman, c'est un morceau de mon univers. Un truc que je traîne depuis l'adolescence, inspiré par toutes ces séries des années 90 qui m'ont marqué plus que je ne l'aurais cru… et par la musique, qui a toujours eu un impact fort sur moi — et sur cette histoire. Elle m'a aidé à trouver le ton juste, à ressentir mes personnages, à me plonger dans l'ambiance de chaque scène. Même si je ne cite aucun artiste en particulier, leurs morceaux résonnent en filigrane tout au long de cette histoire.

Merci à mes amis et à ma famille, pour leur présence, leur soutien, et tous ces moments partagés qui ont compté plus que je ne saurais le dire.

Et un immense merci à mon éditrice : ses conseils, son regard et sa précision ont fait toute la différence. Elle a su sublimer ce projet avec justesse, et je lui en suis profondément reconnaissant.

Merci à tous de faire partie de cette aventure.

FARACS

Printed in France by Amazon
Brétigny-sur-Orge, FR

33254092R10192